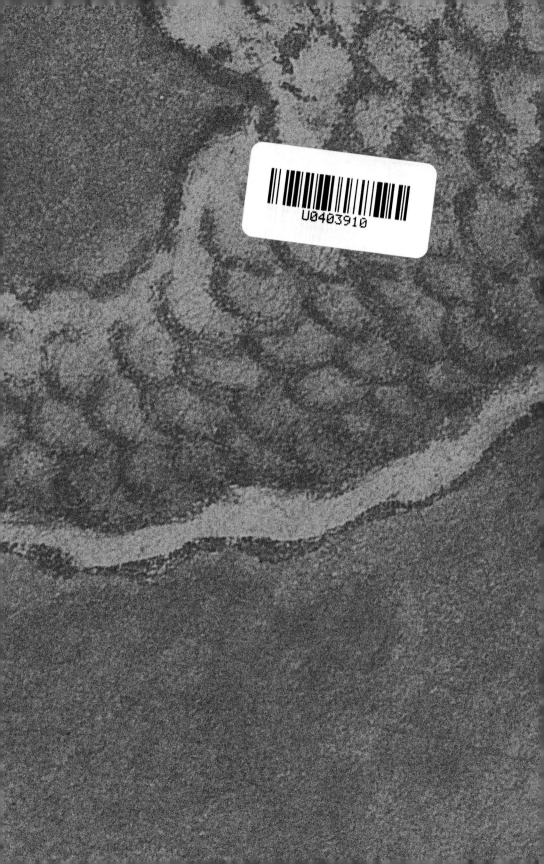

十八家诗钞

◎经典普及版◎

第六册

曾国藩 纂

上海大学出版社
·上海·

目 录

卷十六 / 1685

黄山谷七古·一百六十五首 / 1687

送范德孺知庆州 / 1689
次韵李之纯少监惠砚 / 1689
次韵子瞻题郭熙画秋山 / 1690
咏李伯时摹韩幹三马,
　　次苏子由韵简伯时,
　　兼寄李德素 / 1691
次韵子瞻和子由观韩幹
　　马因论伯时画天马 / 1692
次韵钱穆父赠松扇 / 1692
戏和文潜谢穆父松扇 / 1693
次韵王炳之惠玉板纸 / 1693
送王郎 / 1694
送郑彦能宣德知福昌县 / 1695
双井茶送子瞻 / 1696
和答子瞻 / 1696
子瞻以子夏丘明见戏聊
　　复戏答 / 1697
省中烹茶怀子瞻用前韵 / 1697
以双井茶送孔常父 / 1697
常父答诗有煎点径须烦
　　绿珠之句,复次韵戏
　　答 / 1698
戏呈孔毅父 / 1698
谢黄从善司业寄惠山泉 / 1699
以团茶洮州绿石砚赠无
　　咎、文潜 / 1699
次韵答曹子方杂言 / 1700

次韵子瞻武昌西山 / 1701
谢送碾赐壑源拣芽 / 1702
以小团龙及半挺赠无咎,
　　并诗用前韵为戏 / 1703
送谢公定作竟陵主簿 / 1704
赠送张叔和 / 1704
僧景宗相访寄法王航禅
　　师 / 1705
谢王仲至惠洮州砺石黄
　　玉印材 / 1706
次韵子瞻咏好头赤图 / 1706
观伯时画马 / 1707
记梦 / 1707
次韵子瞻送李豸 / 1708
次韵子瞻寄眉山王宣义 / 1708
听宋宗儒摘阮歌 / 1709
博士王扬休碾密云龙同
　　事十三人饮之戏作 / 1710
答黄冕仲索煎双井并简
　　扬休 / 1710
再答冕仲 / 1711
戏答陈元舆 / 1711
再答元舆 / 1712
演雅 / 1713
戏答赵伯充劝莫学书及
　　为席子泽解嘲 / 1714
戏书秦少游壁 / 1715

送少章从翰林苏公余杭 / 1715
便籴王丞送碧香酒，用
　子瞻韵戏赠郑彦能 / 1716
戏和答禽语 / 1716
谢景叔惠冬笋雍酥水梨
　三物 / 1717
再答景叔 / 1717
出城送客过故人东平侯
　赵景珍墓 / 1717
题也足轩 / 1718
送石长卿太学秋补 / 1718
次韵黄斌老所画横竹 / 1719
戏咏子舟画两竹两鹳鸰 / 1719
题荣州祖元大师此君轩 / 1719
青神县尉厅葺城头旧屋，
　作借景亭。下瞰史家园
　水竹，终日寂然，了无
　人迹，又当大木绿荫之
　间戏作长句，奉呈信孺
　明府介卿少府 / 1720
戏赠家安国 / 1721
和王观复、洪驹父谒陈
　无己长句 / 1721
王充道送水仙花五十枝，
　欣然会心，为之作咏 / 1722
庭坚以去岁九月至鄂，登
　南楼，叹其制作之美，
　成长句，久欲寄远，因
　循至今，书呈公悦 / 1722
题莲华寺 / 1722
送密老住五峰 / 1723
武昌松风阁 / 1723
次韵文潜 / 1724
次韵元实病目 / 1725
花光仲仁出秦、苏诗卷，

　思两国士不可复见，开
　卷绝叹。因花光为我作
　梅数枝及画烟外远山，
　追少游韵记卷末 / 1726
书磨崖碑后 / 1726
太平寺慈民阁 / 1727
题淡山岩二首 / 1728
明远庵 / 1729
戏答欧阳诚发奉议谢予
　送茶歌 / 1729
和范信中寓居崇宁遇雨
　二首 / 1730
清江引 / 1731
还家呈伯氏 / 1731
流民叹 / 1732
次韵答张沙河 / 1733
古风次韵答初和甫二首 / 1735
次韵答和甫卢泉水三首 / 1735
赠赵言 / 1737
次韵晁补之、廖正一赠
　答诗 / 1738
再次韵呈廖明略 / 1739
走答明略，适尧民来相
　约，奉谒故篇末及之 / 1739
答明略并寄无咎 / 1740
再次韵呈明略并寄无咎 / 1741
再答明略二首 / 1742
次韵谢子高读渊明传 / 1743
次韵孔著作早行 / 1744
次韵无咎阎子常携琴入
　村 / 1744
赠张仲谋 / 1745
送薛乐道知郧乡 / 1746
对酒歌答谢公静 / 1747
戏赠彦深 / 1748

和谢公定征南谣 / 1749
和答梅子明王扬休点密
　　云龙 / 1750
送刘道纯 / 1751
次韵子瞻春菜 / 1752
六舅以诗来觅铜犀，用
　　长句持送，舅氏学古
　　之余复味禅悦，故篇
　　末及之 / 1753
次韵子瞻与舒尧文祷雪
　　雾猪泉倡和 / 1753
答王道济寺丞观许道宁
　　山水图 / 1754
听崇德君鼓琴 / 1756
次韵答杨子闻见赠 / 1756
答永新宗令寄石耳 / 1757
寄张宜父 / 1758
高至言筑亭于家圃，以
　　奉亲，总其观览之富，
　　命曰溪亭，乞余赋诗。
　　余先君之敝庐，望高子
　　所筑，不过十牛鸣尔，
　　故余未尝登临而得其胜
　　处 / 1758
雕陂 / 1759
上权郡孙承议 / 1759
奉答茂衡惠纸长句 / 1760
长句谢陈适用惠送吴南
　　雄所赠纸 / 1760
和答师厚黄连桥坏大木
　　亦为秋霆所碎之作 / 1761
上大蒙笼 / 1762
追忆予泊舟西江事次韵 / 1762
次韵郭明叔长歌 / 1763
奉送时中摄东曹狱掾 / 1764

次韵和答孔毅甫 / 1765
更用旧韵寄孔毅甫 / 1765
寄题安福李令爱竹堂 / 1766
八月十四日夜刀坑口对
　　月，奉寄王子难、子
　　闻适用 / 1767
赠王环中 / 1767
戏和于寺丞乞王醇老米 / 1768
谢文灏元丰上文稿 / 1768
寄朱乐仲 / 1768
次韵子瞻书《黄庭经》尾
　　付蹇道士 / 1769
送曹子方福建路运判兼
　　简运使张仲谋 / 1769
戏赠曹子方家凤儿 / 1770
题韦偃马 / 1771
和曹子方杂言 / 1771
送张材翁赴秦签 / 1772
送吕知常赴太和丞 / 1773
老杜浣花溪图引 / 1773
奉谢刘景文送团茶 / 1774
谢景文惠浩然所作廷珪
　　墨 / 1775
赠陈师道 / 1775
戏答仇梦得承制 / 1776
和任夫人悟道 / 1776
杂言赠罗茂衡 / 1777
渡河 / 1777
玉京轩 / 1778
宫亭湖 / 1778
阻水泊舟竹山下 / 1779
别蒋颖叔 / 1779
书石牛溪旁大石上 / 1780
何氏悦亭咏柏 / 1781
薄薄酒二章 / 1781

岩下放言五首 / 1783
题章和甫钓亭放言 / 1784
赠元发弟放言 / 1785
二十八宿歌赠别无咎 / 1785
寿圣观道士黄至明小
　隐轩，太守徐公为题
　曰"快轩"，庭坚集句
　咏之 / 1786
再和公择舅氏杂言 / 1787
奉送周元翁锁吉州司法
　厅赴礼部试 / 1788
送昌上座归成都 / 1789
题杜槃涧叟冥鸿亭 / 1789

临河道中 / 1790
伯时彭蠡春牧图 / 1790
观刘永年团练画角鹰 / 1791
戏用题元上人此君轩诗
　韵奉答周彦公起予之
　作，病眼皆花，句不
　及律，书不成字 / 1792
元师自荣州来，追送予
　于泸之江安绵水驿，
　因复用旧所赋此君轩
　诗韵赠之，并简元师
　从弟周彦公 / 1793

卷十七 / 1795

王右丞五律·一百四首 / 1797

奉和圣制赐史供奉曲江
　宴应制 / 1799
从岐王过杨氏别业应教 / 1799
从岐王夜宴卫家山池应
　教 / 1800
和尹谏议史馆山池 / 1800
同崔员外秋宵寓直 / 1801
奉和杨驸马六郎秋夜即
　事 / 1801
酬虞部苏员外过蓝田别
　业不见留之作 / 1802
酬比部杨员外暮宿琴台
　朝跻书阁率尔见赠之
　作 / 1802
酬严少尹、徐舍人见过
　不遇 / 1803
慕容承携素馔见过 / 1803

酬慕容上 / 1804
酬张少府 / 1804
喜祖三至留宿 / 1805
酬贺四赠葛巾之作 / 1805
寄荆州张丞相 / 1806
辋川闲居赠裴秀才迪 / 1806
冬晚对雪忆胡居士家 / 1807
山居秋暝 / 1807
终南别业 / 1808
归嵩山作 / 1808
归辋川作 / 1809
韦给事山居 / 1809
山居即事 / 1809
终南山 / 1810
辋川闲居 / 1810
春园即事 / 1811
淇上即事田园 / 1811

与卢象集朱家 / 1812
过福禅师兰若 / 1812
黎拾遗昕、裴迪见过秋
　夜对雨之作 / 1813
晚春严少尹与诸公见过 / 1813
过感化寺昙兴上人山院 / 1814
夏日过青龙寺谒操禅师 / 1814
郑果州相过 / 1815
过香积寺 / 1815
过崔驸马山池 / 1816
送李判官赴江东 / 1816
送封太守 / 1817
送严秀才还蜀 / 1817
送张判官判河西 / 1818
送岐州源长史归 / 1818
送张道士归山 / 1819
同崔兴宗送瑗公 / 1819
送钱少府还蓝田 / 1820
留别钱起 / 1820
送丘为往唐州 / 1821
送元中丞转运江淮 / 1821
送崔九兴宗游蜀 / 1822
送崔兴宗 / 1822
送平淡然判官 / 1823
送孙秀才 / 1823
送刘司直赴安西 / 1824
送赵都督赴代州得青字 / 1824
送方城韦明府 / 1825
送李员外贤郎 / 1825
送梓州李使君 / 1826
送张五諲归宣城 / 1826
送友人南归 / 1827
送贺遂员外外甥 / 1827
送杨长史赴果州 / 1828
送邢桂州 / 1828

送宇文三赴河西充行军司
　马 / 1829
送孙二 / 1829
送崔三往密州觐省 / 1830
送丘为落第归江东 / 1830
汉江临泛 / 1831
登辨觉寺 / 1832
凉州郊外游望 / 1832
观猎 / 1833
春日上方即事 / 1833
泛前陂 / 1834
游李山人所居因题屋壁 / 1834
登河北城楼作 / 1835
登裴迪秀才小台作 / 1835
被出济州 / 1836
千塔主人 / 1836
使至塞上 / 1837
晚春闺思 / 1837
戏题示萧氏外甥 / 1838
秋夜独坐 / 1838
待储光羲不至 / 1839
听宫莺 / 1839
早朝 / 1840
愚公谷三首 / 1840
杂诗 / 1841
过秦皇墓 / 1842
故太子太师徐公挽歌四
　首 / 1842
故西河郡杜太守挽歌三
　首 / 1844
故南阳夫人樊氏挽歌二
　首 / 1845
达奚侍郎夫人寇氏挽歌
　二首 / 1846
恭懿太子挽歌五首 / 1846

孟襄阳五律 · 一百三十八首 / 1849

与诸子登岘山 / 1851
望洞庭湖赠张丞相 / 1851
春中喜王九相寻 / 1852
岁暮归南山 / 1852
梅道士水亭 / 1852
闲园怀苏子 / 1853
留别王侍御维 / 1853
武陵泛舟 / 1854
同曹三御史行泛湖归越 / 1854
游景空寺兰若 / 1855
陪张丞相登嵩阳楼 / 1855
与颜钱塘登障楼望潮作 / 1856
题大禹寺义公禅房 / 1856
寻白鹤岩张子容隐居 / 1857
九日得新字 / 1857
除夜乐城逢张少府 / 1858
舟中晓望 / 1858
游精思观回王白云在后 / 1859
与杭州薛司户登樟亭楼
　作 / 1859
寻天台山 / 1860
宿立公房 / 1860
寻陈逸人故居 / 1861
姚开府山池 / 1861
夏日浮舟过陈大水亭 / 1862
夏日辨玉法师茅斋 / 1862
与张折冲游耆阇寺 / 1862
与白明府游江 / 1863
游精思题观主山房 / 1863
寻梅道士 / 1864
陪姚使君题惠上人房 / 1864
晚春题远上人南亭 / 1865
人日登南阳驿门亭子怀
　汉川诸友 / 1865

游凤林寺西岭 / 1865
陪独孤使君同与萧员外
　证登万山亭 / 1866
赠道士参寥 / 1866
京还赠张维 / 1867
题李十四庄兼赠綦毋校
　书 / 1867
寄赵正字 / 1868
秋登张明府海亭 / 1868
题融公兰若 / 1869
九日龙沙作寄刘大昚虚 / 1869
洞庭湖寄阎九 / 1870
秋日陪李侍御渡松滋江 / 1870
秦中感秋寄远上人 / 1871
重酬李少府见赠 / 1871
宿永嘉江寄山阴崔少府
　国辅 / 1872
上巳洛中寄王九迥 / 1872
闻裴侍御朏自襄州司户
　除豫州司户因以投寄 / 1873
江上寄山阴崔少府国辅 / 1873
送洗然弟进士举 / 1874
夜泊庐江闻故人在东寺
　以诗寄之 / 1874
宿桐庐江寄广陵旧游 / 1875
南还舟中寄袁太祝 / 1875
东陂遇雨率尔贻谢南池 / 1875
行至汝坟寄卢征君 / 1876
寄天台道士 / 1876
和张明府登鹿门作 / 1877
和张三自穰县还途中遇
　雪 / 1877
岁除夜会乐城张少府宅 / 1878
自洛之越 / 1878

归至郢中 / 1879
途中遇晴 / 1879
夕次蔡阳馆 / 1879
他乡七夕 / 1880
夜泊牛渚趁薛八船不及 / 1880
晓入南山 / 1881
夜渡湘水 / 1881
赴京途中遇雪 / 1882
宿武阳即事 / 1882
同卢明府饯张郎中除义
　王府司马海园作 / 1883
途次望乡 / 1883
永嘉上浦馆逢张八子容 / 1884
送张子容进士赴举 / 1884
送张参明经举兼向泾州
　省觐 / 1885
浙江至武昌 / 1885
唐城馆中早发寄杨使君 / 1886
陪李侍御访聪上人禅居 / 1886
和张丞相春朝对雪 / 1886
送吴宣从事 / 1887
送张祥之房陵 / 1887
送桓子之郢城过礼 / 1888
早春润州送从弟还乡 / 1888
送告八从军 / 1889
送元公之鄂渚寻观主张
　骖鸾 / 1889
岘山饯房琯崔宗之 / 1890
送王五昆季省觐 / 1890
送崔遏 / 1891
送卢少府使入秦 / 1891
送谢录事之越 / 1891
洛中送奚三还扬州 / 1892
送袁十岭南寻弟 / 1892
永嘉别张子容 / 1893

送袁太祝尉豫章 / 1893
都下送辛大之鄂 / 1894
送席大 / 1894
送贾昪主簿之荆府 / 1895
送王大校书 / 1895
游江西留别富阳裴刘二
　少府 / 1896
东京留别诸公 / 1896
广陵别薛八 / 1897
临涣裴明府席遇张十一
　房六 / 1897
卢明府早秋宴张郎中海
　园即事得秋字 / 1897
同卢明府早秋夜宴张郎
　中海亭 / 1898
崔明府宅夜观妓 / 1898
宴荣二山池 / 1899
夏日与崔二十一同集卫
　明府宅 / 1899
清明日宴梅道士房 / 1900
寒夜张明府宅宴 / 1900
和贾主簿弁九日登岘山 / 1901
宴张别驾新斋 / 1901
李氏园林卧疾 / 1902
过故人庄 / 1902
九日怀襄阳 / 1902
初出关旅亭夜坐怀王大
　校书 / 1903
李少府与杨九再来 / 1903
寻张五回夜园作 / 1904
张七及辛大见寻南亭醉
　作 / 1904
题张野人园庐 / 1905
过景空寺故融公兰若 / 1905
早寒江上有怀 / 1906

南山下与老圃期种瓜 / 1906
裴司士员司户见寻 / 1907
岁除夜有怀 / 1907
伤岘山云表观主 / 1908
赋得盈盈楼上女 / 1908
春意 / 1909
闺情 / 1909
寒夜 / 1909
美人分香 / 1910
田家元日 / 1910

宿杨子津寄润州长山刘
　　隐士 / 1911
送丁大凤进士赴举呈张
　　九龄 / 1911
送吴悦游韶阳 / 1912
送陈七赴西军 / 1912
洗然弟竹亭 / 1912
万山潭 / 1913
涧南即事贻皎上人 / 1913
晚泊浔阳望庐山 / 1914

李太白五律·一百首 / 1915

赠孟浩然 / 1917
见京兆韦参军量移东阳 / 1917
温泉侍从归逢故人 / 1918
赠郭季鹰 / 1918
口号赠杨征君 / 1918
赠昇州王使君忠臣 / 1919
赠崔秋浦三首 / 1919
望九华山赠韦青阳仲堪 / 1920
赠柳圆 / 1921
赠汉阳辅录事 / 1921
赠钱征君少阳 / 1922
寄淮南友人 / 1922
沙丘城下寄杜甫 / 1923
寄少府赵炎当涂 / 1923
寄王汉阳 / 1923
望汉阳柳色寄王宰 / 1924
江上寄巴东故人 / 1924
寄从弟宣州长史昭 / 1925
三山望金陵寄殷淑 / 1925
夜别张五 / 1925
广陵赠别 / 1926
别储邕之剡中 / 1926
留别龚处士 / 1927

赠别郑判官 / 1927
江夏别宋之悌 / 1928
渡荆门送别 / 1928
南陵五松山别荀七 / 1928
南阳送客 / 1929
送张舍人之江东 / 1929
送族弟凝之滁求婚崔氏 / 1930
鲁郡东石门送杜二甫 / 1930
杭中送裴大泽，时赴庐
　　州长史 / 1931
送白利登从金吾董将军
　　西征 / 1931
送长沙陈太守二首 / 1931
送杨山人归嵩山 / 1932
送通禅师还南陵隐静寺 / 1933
送友人 / 1933
送别 / 1934
江上送女道士褚三清游
　　南岳 / 1934
送友人入蜀 / 1935
送李青归华阳川 / 1935
送别 / 1935
送麹十少府 / 1936

送王孝廉省觐 / 1936
同吴王送杜秀芝举入京 / 1937
送梁四归东平 / 1937
江夏送友人 / 1938
江夏送张丞 / 1938
秋夜与刘砀山泛宴喜亭
　　池 / 1938
观鱼潭 / 1939
侍从游宿温泉宫作 / 1939
春游罗敷潭 / 1940
同族侄评事黯游昌禅师
　　山池二首 / 1940
宴陶家亭子 / 1941
在水军宴韦司马楼船观
　　妓 / 1941
流夜郎至江夏陪长史叔
　　及薛明府宴兴德寺南
　　阁 / 1941
登新平楼 / 1942
谒老君庙 / 1942
与夏十二登岳阳楼 / 1943
与贾舍人于龙兴寺剪落
　　梧桐枝望灉湖 / 1943
挂席江上待月有怀 / 1943
秋登宣城谢朓北楼 / 1944
过崔八丈水亭 / 1944
太原早秋 / 1945
宿五松山下荀媪家 / 1945
岘山怀古 / 1946
金陵三首 / 1946
陪宋中丞武昌夜饮怀古 / 1947

谢公亭 / 1948
夜泊牛渚怀古 / 1948
对酒醉题屈突明府厅 / 1949
月夜听卢子顺弹琴 / 1949
寻雍尊师隐居 / 1949
访戴天山道士不遇 / 1950
对酒忆贺监二首 / 1950
听蜀僧濬弹琴 / 1951
题江夏修静寺 / 1951
题宛溪馆 / 1952
观猎 / 1952
观胡人吹笛 / 1953
宣城哭蒋征君华 / 1953
长行宫 / 1954
中丞宋公以吴兵三千赴
　　河南，军次寻阳，脱
　　余之囚，参谋幕府因
　　赠之 / 1954
春日归山寄孟六浩然 / 1955
送友人寻越中山水 / 1956
送窦司马贬宜春 / 1956
金陵送张十一再游东吴 / 1957
送储邕之武昌 / 1958
秋日登扬州西灵塔 / 1958
登瓦官阁 / 1959
过四皓墓 / 1959
月夜金陵怀古 / 1960
秋日与张少府楚城韦公
　　藏书高斋作 / 1960
秋夜独坐怀故山 / 1961

1683

卷十六

黄山谷七古

一百六十五首

送范德孺[一]知庆州

乃翁[二]知国如知兵，塞垣草木识威名①。
敌人开户玩处女②，掩耳不及惊雷霆。
平生端有活国计，百不一试薶九京③。
阿兄[三]两持庆州节，十年麒麟地上行。
潭潭④大度如卧虎，边人耕桑长儿女。
折冲⑤千里虽有余，论道经邦政要渠。
妙年出补父兄处，公自才力应时须。
春风旆旌⑥拥万夫，幕下诸将思草枯。
智名勇功不入眼，可用折箠笞羌胡。

〔一〕德孺，名纯粹，元丰八年八月除知庆州。山谷以次年春为此诗赠之。 〔二〕乃翁，谓范文正公。 〔三〕阿兄，谓忠宣公纯仁也。

①"塞垣"句：范仲淹曾在西北前线任职，他优化战术方略，提拔了一批名将，屡屡击退西夏进攻，最终迫使西夏请和。② 处女：语出《孙子·九地》："始如处女，敌人开户，后如脱兔，敌不及拒。"表示克敌制胜的策略。③"百不"句：百不一试，百分才能，连一分都没有施展开来。薶，埋葬。九京，即黄泉、地下。④ 潭潭：深沉的样子。⑤ 折冲：可以制胜敌人于千里之外。⑥ 旆旌：即旌旗。

次韵李之纯少监惠砚

黄公山下黄鸡秋，持节恤刑曾少休。
小人负弩得开道，扫叶张饮林岩幽[一]。

相传有石非地产，列仙持来自罗浮①。
酒酣步出云雨上，南抚方城西嵩丘。
林端乃见石空洞，猛兽夔屃〔二〕②踞上头。
鸟道兔迒③谋挽致，万牛不动五丁愁。
道家蓬莱见仙伯，我亦洗湔④与清流。
探囊赠砚颇宜墨，近出黄山非远求。
乃知此山自才美，物欲致用当穷搜。
迷邦故令成器晚，不琢元非匠石羞。

〔一〕汝州叶县有黄公山。山谷熙宁间尝为叶县尉，当迎候之纯也。　〔二〕猛兽夔屃，借以言石之状。　〇仙伯，谓李之纯。蓬莱，谓见李于京师也。与清流者，山谷以哲宗初除馆职也。黄山，即黄公山，谓前此见石，不知其可为砚材。

① 罗浮：即罗浮山，在今广东惠州。② 夔屃（bì xì）：传说中龙生九子中的第六子，外形似龟，善驮重物，多用以驮负碑础。③ 迒（háng）：道路。④ 洗湔（jiān）：洗涤，清除。

次韵子瞻题郭熙画秋山

黄州逐客未赐环，江南江北饱看山。
玉堂卧对郭熙画，发兴已在青林间。
郭熙官画但荒远，短纸曲折开秋晚。
江村烟外雨脚明，归雁行边余叠巘。
坐思黄甘洞庭霜，恨身不如雁随阳。
熙今头白有眼力，尚能弄笔映窗光。
画取江南好风日，慰此将衰镜中发。
但熙肯画宽作程，十日五日一水石。

咏李伯时摹韩幹三马①，次苏子由韵简伯时，兼寄李德素

太史琐窗云雨垂〔一〕，试开三马拂蛛丝。
李侯写影②韩干墨，自有笔如沙画锥。
绝尘超日精爽紧，若失其一望路驰。
马官不语臂指挥，乃知仗下非新羁〔二〕。
吾尝览观在坰马，驽骀成列无权奇。
缅怀胡沙英妙质，一雄可将千万雌。
决非厩养所成就，天骥生驹人得之〔三〕。
千金市骨今何有③，士或不价五羖皮〔四〕。
李侯画隐百僚底，初不自期人误知。
戏弄丹青④聊卒岁，身如阅世老禅师。

〔一〕太史，当谓子由作起居郎左史之任。云雨垂，谓如在天上也。　〔二〕二句言其驯伏如此，必非新自西极来者。　〔三〕任注：诗意若曰老于中朝之士与来自钓筑者，其英杰之气固自不同，如仗下马与渥洼之骥也。　〔四〕言五羖皮已自轻其身矣，而今乃有并不须此价者。

① 李伯时：即李公麟（1049—1106），字伯时，号龙眠居士，舒州（今安徽潜山）人，北宋官员，画师。韩幹（706—约783）：蓝田（今陕西蓝田）人，唐代画师，以画马著称。② 写影：即临摹。③ "千金"句：《战国策·燕策一》载："古之君人有以千金求千里马者，三年不能得。涓人言于君曰：'请求之。'君遣之，三月得千里马。马已死，买其首五百金，反以报君。君大怒曰：'所求者生马，安事死马而捐五百金？'涓人对曰：'死马且市之五百金，况生马乎？天下必以王为能市马，马今至矣！'于是，不能期年，千里马者至者三。"诗人在此感慨世无伯乐。④ 戏弄丹青：指作画。

次韵子瞻和子由观韩干马因论伯时画天马

于阗花骢龙八尺,看云不受络头丝。
西河骢作蒲萄锦,双瞳夹镜耳卓锥①。
长楸落日试天步,知有四极无由驰。
电行山立气深稳,可耐珠鞯白玉羁。
李侯一顾叹绝足,领略古法生新奇。
一日真龙入图画,在坰群雄望风雌。
曹霸弟子沙苑丞②,喜作肥马人笑之。
李侯论干独不耳,妙画骨相遗毛皮。
翰林〔一〕评书乃如此,贱肥贵瘦渠未知。
况我平生赏神俊〔二〕,僧中云是道林师③。

〔一〕翰林,谓东坡也。坡诗云:"少陵评书贵瘦硬,此论未公吾不凭。"言少陵评干不画骨,李侯亦不以为凭也。 〔二〕俊:一作骏。

① 耳卓锥:即锐耳,耳朵呈尖而锐之状,据说为古时良马的特征之一。② 沙苑丞:即韩干,师法(约704—约770)。曹霸擅画马。③ 道林师:支遁(313—366),字道林,世称支公,陈留(今河南开封)人,东晋名僧,善诗文。《世说新语·言语》载:"支道林常养数匹马。或言道人畜马不韵。支曰:'贫道重其神骏。'"

次韵钱穆父赠松扇

银钩玉唾明茧纸〔一〕,松箑①轻凉并送似。
可怜远度帻沟娄〔二〕,适堪今时褦襶〔三〕②子。
丈人③玉立气高寒,三韩持节见神山。

合得安期④不死草，使我蝉蜕尘埃间⑤。

〔一〕银钩，字也；玉唾，诗也。　〔二〕帻沟娄，高丽城名。　〔三〕襶襶，谓不晓事人，山谷以自道也。

① 箑（shà）：扇子。② 襶襶（nài dài）：原指衣服粗重宽大，不合身，后用来比喻不晓事、不懂事。③ 丈人：此处指穆父。④ 安期：指安期生，秦代隐士，传说他曾从河上丈人学习黄帝、老子之说，并在东海边卖药，后来得道成仙。⑤ 蝉蜕尘埃间：此处化用《史记·屈原贾生列传》中"濯淖污泥之中，蝉蜕于浊秽，以浮游尘埃之外，不获世之滋垢"。

戏和文潜谢穆父松扇

猩毛束笔鱼网纸〔一〕，松衬织扇清相似。
动摇怀袖风雨来，想见僧前落松子。
张侯哦诗松韵寒，六月火云蒸肉山〔二〕。
持赠小君聊一笑，不须射雉觳黄间〔三〕①。

〔一〕山谷有《猩毛笔》诗，盖亦穆父高丽所得。　〔二〕文潜体肥，故有肉山之讥。　〔三〕黄间，弩名。

①"不须"句：化用晋潘岳《射雉赋》"捧黄间以密毂，属刚罫以潜拟"。

次韵王炳之惠玉板纸

王侯须若缘坡竹①，哦诗清风起空谷。
古田〔一〕小笺惠我百，信知溪翁能解玉。

鸣碓千杵动秋山,裹粮万里来辇毂。

儒林丈人②有苏公,相如子云再生蜀。

往时翰墨颇横流,此公归来有边幅。

小楷多传乐毅论,高词欲奏云门曲。

不持去扫苏公门,乃令小人今拜辱。

去骚甚远文气卑,画虎不成书势俗。

董狐南史一笔无,误掌杀青司记录[二]。

虽然此中有公议,或辱五鼎荣半菽。

愿公进德使见书,不敢求公米千斛。

〔一〕古田隶福州。 〔二〕此二句,山谷时为史官,自谦云尔。

① 缘坡竹:顺着山坡的竹子。化用汉王褒《责须髯奴辞》"离离若缘坡之竹"。② 儒林丈人:对于博学儒者的尊称。

送王郎[一]

酌君以蒲城桑落之酒①,泛君以湘累秋菊之英。

赠君以黟川②点漆之墨,送君以阳关堕泪之声。

酒浇胸中之磊隗③,菊制短世之颓龄。

墨以传千古文章之印,歌以写一家兄弟之情。

江山万里头俱白,骨肉十年眼终青④。

连床夜语鸡戒晓,书囊无底谈未了。

有功翰墨乃如此,何恨远别音书少。

炊沙作糜终不饱,镂冰文章费工巧。

要须心地收汗马,孔孟行世日杲杲[二]。

有弟有弟力持家，妇能养姑供珍鲑。

儿大诗书女丝麻，公但读书煮春茶。

〔一〕王纯亮字世弼，山谷之妹婿。　〔二〕任注云：谓道义战胜，胸中开明，乃晓然见圣贤用心处。

① 桑落之酒：九月桑树叶凋零时所酿造，即桑落酒，酒名。② 黟川：地名，今安徽黟县，以产墨闻名。③ 磊隗（wěi）：指胸中不平之气。④ 眼终青：指喜爱、尊重。

送郑彦能宣德知福昌县

往时河北盗横行，白昼驱人取〔一〕城郭。

唯闻不犯郑冠氏〔二〕，犬卧不惊民气乐。

只今化民作锄耰①，田舍老翁百不忧。

铜章去作福昌县，山中读书民有秋②。

福昌爱民如父母，当官不扰万事举。

用才之地要得人，眼中虚席③十四五。

不知诸公用心许，鲁恭卓茂④可人否。

〔一〕取：一作入。　〔二〕冠氏县，属大名府，郑由冠氏迁福昌，故称之曰郑冠氏，犹称王元之曰王黄州，称范德孺曰范庆州，称孙贲曰孙阳翟耳。

① 锄耰（yōu）：农具，泛指农耕。② 有秋：有收成，即丰年。③ 虚席：空着座位等候，以示礼贤下士之义。④ 鲁恭卓茂：鲁恭、卓茂，汉代的两位官员，以德化治民。

双井[一]茶送子瞻

人间风日①不到处,天上玉堂森宝书②。
想见东坡旧居士,挥毫百斛泻明珠③。
我家江南摘云腴④,落硙⑤霏霏雪不如。
为公唤起黄州梦,独载扁舟向五湖。

〔一〕双井,在洪州分宁县,山谷所居也。

① 风日:风景阳光。② "玉堂"句:玉堂,古代官署名,宋代以后称翰林院为玉堂。森宝书,森然罗列着许多宝贵的书籍。③ 泻明珠:指苏轼写诗作文时似明珠般倾泻而出。④ 云腴(yú):肥美的茶叶。⑤ 硙(wèi):研制茶叶的碾具。

和答子瞻

一月空回长者车,报人问疾遣儿书〔一〕。
翰林贻我东南句〔二〕,窗前默坐得玄珠①。
故园溪友脍腹腴②,远包春茗问何如。
玉堂下直长廊静,为君满意说江湖。

〔一〕山谷时病目,故云。 〔二〕东坡《谢山谷馈茶》诗云"明年我欲东南去",故云。

① 玄珠:比喻道家道的内涵。借指深刻的道理。② 腹腴:鱼肚下鲜美的肥肉。

黄山谷七古

子瞻以子夏丘明见戏聊复戏答

化工见弹大早计,端为失明能著书。
迩来似天会事发,泪睫见光犹陨珠。
喜公新赐紫琳腴①,上清虚皇对久如〔一〕。
请天还我读书眼,愿载轩辕〔二〕讫鼎湖。

〔一〕对久如,谓奏对久之。《诗笺》曰:丞然犹言久如也。
〔二〕轩辕,谓神宗,时山谷修《实录》,故云。

① 紫琳腴:茶名。

省中烹茶怀子瞻用前韵

阊门井不落第二〔一〕,竟陵谷帘定误书〔二〕。
思公煮茗共汤鼎,蚯蚓窍生鱼眼珠。
置身九州之上腴,争名馅中沃焚如〔三〕。
但恐次山胸磊隗,终便酒舫石鱼湖。

〔一〕文德殿东上阁门之东有井,绝佳。 〔二〕陆羽,复州竟陵人,著《茶经》三篇,以庐山康王谷水帘为天下第一。
〔三〕谓众人争名于烈焰之中,东坡则以水沃其焚如之焰也。

以双井茶送孔常父

校经同省并门居,无日不闻公读书。
故持茗碗浇舌本①,要听六经如贯珠。

心知韵胜舌知胨，何似宝云与真如。
汤饼作魔应午寝，慰公渴梦吞江湖。

① 舌本：舌根。

常父答诗有煎点径须烦绿珠之句，复次韵戏答

小鬟虽丑巧妆梳，扫地如镜能检书。
欲买娉婷供煮茗，我无一斛明月珠。
知公家亦阙扫除，但有文君对相如。
政当为公乞如愿，作笺远寄宫亭湖。

戏呈孔毅父①

管城子②无食肉相，孔方兄③有绝交书。
文章功用不经世，何异丝窠④缀露珠。
校书著作频诏除〔一〕，犹能上车问何如。
忽忆僧床同野饭，梦随秋雁到东湖。

〔一〕山谷以元丰八年四月为校书郎，元祐二年正月为著作郎。

① 孔毅父：即孔平仲（1044—1111），字毅父，江西新喻（今江西新余）人，北宋官员，善诗文。② 管城子：指代毛笔。③ 孔方兄：指代钱币。④ 丝窠（kē）：蜘蛛网。

谢黄从善〔一〕司业寄惠山泉

锡谷寒泉椭石俱〔二〕，并得新诗虿尾书。
急呼烹鼎供茗事，晴江急雨看跳珠。
是功与世涤膻腴①，令我屡空②常晏如。
安得左轓③清颍尾④，风炉煮茗卧西湖。

〔一〕从善，名降，一名隐。　〔二〕椭，音妥，圆而长曰椭。椭石所以澄水也。

① 膻腴：腥膻肥腻。② 屡空：指贫穷。③ 左轓（fān）：车厢左侧的屏障。此指乘车。④ 清颍尾：在今河南省颍川一带，古时此地多隐士，如巢父、许由等。

以团茶洮州绿石砚赠无咎、文潜①

晁子智囊②可以括四海，张子笔端可以回万牛③。
自我得二士，意气倾九州。
道山延阁委竹帛，清都太微望冕旒。
贝宫④胎寒弄明月，天网下罩一日收。
此地要须无不有，紫皇访问富春秋〔一〕。
晁无咎，赠君越侯所贡苍玉璧，可烹玉尘试春色。
浇君胸中过秦论，叙酌古今来活国。
张文潜，赠君洮州绿石含风漪，能淬笔锋利如锥。
请书元祐开皇极，第入思齐访落⑤时〔二〕。

〔一〕元祐元年十二月，试太学录张耒、试太学正晁补之，并为秘书省正字。所谓道山延阁，所谓此地，并指禁省馆阁言之也。〔二〕思齐，指宣仁太后，紫皇及访落并指哲宗也。

① 无咎：即晁补之（1053—1110），字无咎，号归来子，济州巨野（今山东巨野）人，北宋文学家。文潜：即张耒（1054—1114），字文潜，号柯山，亳州谯县（今安徽亳州）人，北宋官员，善诗文。② 晁子智囊：指西汉晁错（前200—前154），颍川人。《史记·袁盎晁错列传》："以其辩得幸太子，太子家号曰'智囊'。"③ "张子"句：此句化用唐杜甫《古柏行》中"大厦如倾要梁栋，万牛回首丘山重"之句，形容笔力之大。④ 贝宫：用贝类作装饰的宫殿，指富丽堂皇、光彩夺目。⑤ 思齐访落：两首诗名，指修身、治国。思齐，即《诗经·大雅·思齐》。访落，即《诗经·周颂·访落》。

次韵答曹子方〔一〕杂言

醴池寺〔二〕，汤饼一斋盂，曲肱①懒著书。
骑马天津看逝水，满船风月忆江湖。
往时尽醉冷卿〔三〕酒，侍儿琵琶春风手。
竹间一夜鸟声春，明朝醉起雪塞门。
当年闻说冷卿客，黄髯邺下曹将军②。
挽弓石八不好武，读书卧看三峰云。
谁怜相逢十载后，釜里生鱼甑生尘③。
冷卿白首大官寺，樽前不复如花人。
曹将军，江湖之上可相忘。
春锄对立双鸳鸯，无机与游不乱行。
何时解缨濯沧浪④，唤取张侯〔四〕来平章，烹茶煮饼坐僧房。

〔一〕曹辅，字子方。 〔二〕山谷在京寓居此寺。 〔三〕冷卿，如称祠部为冷厅、广文为冷官之类，谓光禄卿也；或云冷姓也。 〔四〕张侯，似是张仲谋。 ○首五句山谷自叙近状，时持戒律甚严，故有"斋盂"之句。"往时"以下八句，山谷昔在冷宅始知曹之名。"谁怜"四句，叙与曹相遇时曹贫而冷，亦不如昔矣。末七句招曹偕隐。

① 曲肱：语出《论语·述而》："曲肱而枕之，乐亦在其中矣。"后人多用以比喻清贫闲适的生活。②"黄鬚"句：指曹操子曹彰。《三国志·魏书·任城王传》载曹操称赞曹彰，曰："黄须儿竟大奇也。"③"釜里"句：《东观汉记》："范丹，字史云，为莱芜长，遭党锢事，推鹿车，载妻子，捃拾自资，有时绝粮，丹言貌无改，闾里歌之曰：'甑中生尘范史云，釜中生鱼范莱芜。'"④ 解缨濯沧浪：指归田，隐居山林。

次韵子瞻武昌西山〔一〕

漫郎①江南酒隐处，古木参天应手栽。
石坳为尊②酹花鸟，自许作鼎调盐梅③。
平生四海苏太史④，酒浇不下胸崔嵬。
黄州副使坐闲散，谏疏无路通银台⑤。
鹦鹉洲前弄明月，江妃起舞袜生埃。
次山醉魂招仿佛，步入寒溪金碧堆。
洗湔尘痕饮嘉客，笑倚武昌江作罍⑥。
谁知文章照今古，野老争席渔争隈。
邓公勒铭留刻画，刓剔银钩⑦洗绿苔。
琢磨十年烟雨晦，摸索一读心眼开。
谪去长沙忧鵩⑧入，归来杞国痛天摧。
玉堂却对邓公直，北门唤仗听风雷。
山川悠远莫浪许，富贵峥嵘今鼎来。
万壑松声如在耳，意不及此文生哀。

〔一〕元次山因石颠有窊,因修之以藏酒,命为浯樽而铭之。邓圣求在武昌,尝作《元次山浯樽铭》。东坡在玉堂与邓同夜直,话及此事,因作《武昌西山》诗,请邓同赋,山谷和之。 ○首四句,叙次山作浯樽。"平生四海"以下十二句,叙东坡在黄州寻次山之遗迹。"邓公勒铭"四句,叙东坡摩挲邓公之铭。"谪去长沙"至末八句,叙东坡还京,与邓同直玉堂。

① 漫郎:即唐元结(719—772),字次山,号漫叟,河南鲁山(今河南平顶山)人。② 石坳(ào)为尊:化用唐元结《窊樽》中"巉巉小山石,数峰对窊亭,窊石堪为樽,状类不可名"之句。③ 调鼎盐梅:即用盐梅调味,使食物味美。后世常用以比喻宰相执政,治理国家。④ 苏太史,即苏轼,因其曾直史馆,故称"太史"。⑤ 银台:宋代门下省设银台司,掌管天下奏状案牍。此处指朝廷。⑥ 江作罍(léi):罍是古代盛酒器,此处将江水比喻成酒池。⑦ 刳(kū)剔银钩:指书法笔势之遒劲。刳剔,剖挖。⑧ 鵩(fú):古书上的一种不祥之鸟,形似猫头鹰。《汉书·贾谊传》:"谊为长沙傅三年,有鵩飞入谊舍,止于坐隅。服似鸮,不祥鸟也。"

谢送碾赐壑源拣芽

矞云从龙小苍璧〔一〕,元丰至今人未识。
壑源包贡第一春〔二〕,缃奁碾香供玉食。
睿思〔三〕殿东金井栏,甘露荐碗天开颜。
桥山〔四〕事严庀①百局,补衮②诸公省中宿。
中人传赐夜未央,雨露恩光照宫烛。
右丞似是李元礼③,好事风流有泾渭。
肯怜天禄校书郎〔五〕,亲敕家庭遣分似。
春风〔六〕饱识太官羊,不惯腐儒汤饼肠。
搜搅十年灯火读,令我胸中书传香。

已戒应门老马走,客来问字莫载酒。

〔一〕熙宁末,神庙有旨下建州制密云龙。 〔二〕建州茶以北苑壑源为上,沙溪为下。第一春,谓元丰元年。 〔三〕睿思,神宗便殿也。 〔四〕桥山,谓作神宗裕陵也。 〔五〕右丞,谓李清臣邦直。校书郎,山谷以元丰八年召为校书郎也。 〔六〕春风,谓茶。

① 庀(pǐ):治理。② 补衮:指补救规谏帝王的过失。③ 李元礼:即李膺(110—169),字元礼,颍川郡襄城(今属河南襄城)人,东汉名士,位列"八俊"之首,有"天下模楷"之称。

以小团龙①及半挺赠无咎②,并诗用前韵为戏

我持玄圭与苍璧,以暗投人渠不识③。
城南穷巷有佳人〔一〕,不索宾郎④常晏食。
赤铜茗碗雨斑斑,银粟翻光解破颜。
上有龙文下棋局〔二〕,担囊赠君诺已宿。
此物已是元丰春,先皇圣功调玉烛。
晁子胸中开典礼,平生自期莘与渭⑤。
故用浇君磊隗胸,莫令鬓毛雪相似。
曲几团蒲听煮汤,煎成车声绕羊肠⑥。
鸡苏胡麻留渴羌〔三〕,不应乱我官焙香。
肥如瓠壶鼻雷吼,幸君饮此勿饮酒。

〔一〕佳人,谓无咎。 〔二〕棋局,谓团茶下隐隐有此文,盖箧痕也。 〔三〕鸡苏、胡麻,俗人煮茶多以此二物杂之。晋有羌人姚馥,但言渴于酒,群辈呼为渴羌。

① 团龙:产生于宋代的一种小茶饼,因茶饼上印有龙团、凤团

等花纹，故名。② 无咎：即晁补之，字无咎。③ 以暗投人渠不识：汉邹阳《狱中上书自明》："臣闻明月之珠，夜光之璧，以暗投人于道，众莫不按剑相眄者。何则？无因而至前也。"④ 宾郎：即槟榔。⑤ "平生"句：即平生以伊尹、姜太公自期。⑥ 羊肠：羊肠路。

送谢公定作竟陵主簿

谢公[一]文章如虎豹，至今斑斑在儿孙。
竟陵主簿极多闲，万事不理专讨论。
涧松无心古须鬣，天球不琢中粹温①。
落笔尘沙百马奔，剧谈风霆九河翻。
胸中恢疏无怨恩，当官持廉庭不烦。
吏民欺公亦可忍，慎勿惊鱼使水浑。
汉滨耆旧今谁存[二]，驷马高盖徒纷纷。
安知四海习凿齿，拄笏看度南山云。

〔一〕谢公，谓师厚，公定盖其子也。　〔二〕竟陵与襄阳皆在汉水之滨。　○"四海"句，以习凿齿比公定才行之高。"拄笏"句，以王徽之比公定襟怀之雅。

① 粹温：即纯真温良之义。

赠送张叔和

张侯温如邹子律，能令阴谷黍生春。
有齐先君之季女[一]，十年择对无可人。

箕帚扫公堂上尘，家风孝友故相亲。
庙中时荐南涧苹，儿女衣绔得补纫。
两家俱为白头计，察公与人意甚真。
吏能束缚老奸手，要使鳏寡无龂呻①，
但回此光还照己，平生倦学皆日新。
我提养生之四印，君家所有更赠君。
百战百胜不如一忍，万言万当不如一默。
无可简择眼界平，不藏秋毫心地直。
我肱三折得此医②，自觉两踵生光辉。
团蒲日静鸟吟时，炉薰一炷试观之。

〔一〕埙，字叔和，洛中人，张焘龙图之后，娶山谷季妹。

① 龂呻：呻吟。② "我肱"句：《左传·定公十三年》："三折肱知为良医。"指经历失败或挫折，积累了丰富的经验。

僧景宗相访寄法王航禅师〔一〕

抱牍稍退凫鹜行，倦禅时作橐驼坐〔二〕。
忽忆头陀云外人，闭门作夏与僧过。
一丝不挂鱼脱渊，万古同归蚁旋磨。
山中雨熟瓜芋田，唤取小僧休乞钱。

〔一〕自注：智航道人住嵩山法王寺，数遣小僧景宗到都城，因宗还寄之。　〔二〕王洙避雪佛庙，见一老僧，着皂裘，背及肋有白补处。明日视之，乃橐驼也。　○首二句，山谷自述近状。三四句，指智航。"一丝"句，谓智航无罣无碍，脱离世网。"万古"句，慨世人为物所牵，如蚁之旋磨。末二句，谓智航能以法力致雨，熟其田园，不须令小僧景宗乞化也。

① 抱牍：抱持案牍，即办理公文。

谢王仲至[一]惠洮州砺石黄玉印材

洮砺发剑虹贯日①，印章不琢色蒸栗。
磨砻②顽钝印此心，佳人持赠意坚密。
佳人鬑雕文字工，藏书万卷胸次同。
日临天闲豢真龙，新诗得意挟雷风。
我贫无句当二物，看公倒海取明月。
〔一〕仲至，名钦臣。

① 发剑虹贯日：新打磨的宝剑，剑锋锐利，如天空中长虹横跨太阳，光芒四射。② 磨砻：磨治。

次韵子瞻咏好头赤图

李侯画骨不[一]画肉，笔下马生如破竹。
秦驹虽入天仗[二]图，犹恐真龙在空谷。
精神权奇汗沟赤[三]，有头[四]赤乌能逐日。
安得身为汉都护，三十六城看历历。
〔一〕不：一作亦。　〔二〕仗：一作马。　〔三〕《铜马相法》曰：汗沟欲深长。　〔四〕有头：一作自有。

黄山谷七古

观伯时画马〔一〕

仪鸾供帐饔虱行,翰林湿薪爆竹声〔二〕。
风帘官烛泪纵横。
木穿石磐①未渠透〔三〕,坐窗不遨令人瘦。
贫马百薟②逢一豆。
眼明见此五花骢,径思著鞭随诗翁。
城西野桃寻小红。

〔一〕元祐三年春,东坡知贡举,山谷与李伯时皆为其属,故试院中作数诗。 〔二〕仪鸾,司掌奉供帐之事。翰林,司掌供御酒茗汤果及内外设置。 〔三〕太极老君与傅先生木钻,使穿一石磐,厚五寸许,积四十七年而石穿,遂得神丹。

① 石磐:石头。② 薟(xián):锄草后的余茎。此指劣质喂马草料。

记梦〔一〕

众真绝妙拥灵君,晓然梦之非纷纭。
窗中远山是眉黛,席上榴花皆舞裙。
借问琵琶得闻否,灵君色庄妓摇手。
两客争棋斧烂柯,一儿坏局君不呵。
杏梁归燕空语多,奈此云窗雾阁何。

〔一〕洪驹父《诗话》谓山谷见一贵宗室携妓女游某寺,此篇记其事也。僧惠洪《冷斋诗话》谓山谷昼卧醽池寺,梦与一道士游蓬莱,觉而作此诗。二说未知孰是。

次韵子瞻送李豸〔一〕

骥子堕地追风日,未试千里谁能识。
习之实录葬皇祖,斯文如女有正色。
今年持橐①佐春官,遂失此人难塞责。
虽然一哄有奇耦②,博悬于投不在德。
君看巨浸朝百川,此岂有意潢潦③前〔二〕。
愿为雾豹怀文隐④,莫爱风蝉蜕骨仙〔三〕。

〔一〕豸,字方叔,东坡知贡举,而豸不第,有诗送之。
〔二〕二句言其所成者大。　〔三〕二句劝其不求速化。

① 持橐:"持橐簪笔"的简称,指侍从之臣携带书和笔,以备顾问。② 奇耦:单数和双数,比喻命运的坎坷与顺利。③ 潢潦:地上流淌的雨水。④ 雾豹怀文隐:比喻有才之士能辨明时机、适时归隐。

次韵子瞻寄眉山王宣义〔一〕

参军但有四立壁,初无临江千木奴①。
白头不用折腰具,桐帽棕鞋称老夫。
沧江鸥鹭野心性,阴壑虎豹雄牙须。
鹓鶒作裘②初服在,猩血染带邻翁无。
昨来杜鹃劝归去,更待把酒听提壶。
当今人材不乏使,天上二老③须人扶。
儿无饱饭尚勤书,妇无复裈且著襦。
社瓮可漉溪可渔,更问黄鸡肥与癯。
林间醉著人伐木,犹梦官下闻追呼〔二〕。

万钉围腰④莫爱渠，富贵安能润黄垆⑤。

〔一〕王淮奇，字庆源，蜀之青神人，东坡叔丈人也。东坡有《王丈求红带》诗。　〔二〕闻伐木喧噪之声，犹以为追呼也。

①千木奴：指汉李衡种千株柑橘，逝后家道殷实。②鹔鹴（sù shuāng）作裘：相传西汉司马相如所着的裘衣，由鹔鹴鸟的皮制成。③天上二老：指文彦博、吕公著，二人以年高而任宰相，故称。④万钉围腰：达官贵人的万钉宝带。⑤黄垆（lú）：即黄泉。

听宋宗儒摘阮歌

翰林尚书〔一〕宋公子，文采风流今尚尔。
自疑耆域〔二〕是前身，囊中探丸起人死。
貌如千岁枯松枝，落魄酒中无定止。
得钱百万送酒家，一笑不问今余几。
手挥琵琶送飞鸿，促弦聒醉惊客起。
寒虫催织月笼秋，独雁叫群天拍水。
楚国羁臣放十年，汉宫佳人嫁千里。
深闺洞房语恩怨，紫燕黄鹂韵桃李。
楚狂①行歌惊世人，渔父拏舟在葭苇。
问君枯木著朱绳，何能道人意中事。
君言此物传数姓，玄璧庚庚有横理②。
闭门三月传国工，身今亲见阮仲容③。
我有江南一丘壑，安得与君醉其中，曲肱听君写松风。

〔一〕翰林尚书，当是宋景文公。　〔二〕耆域，天竺高僧也，尝以净水一杯，杨柳一枝，起滕永文之病。

①"楚狂"句：楚狂人即陆通，字接舆，春秋时楚国隐士，因对当时的社会有所不满，剪去头发，佯狂不仕，时人称之"楚狂"。②庚庚有横理：纹理横布的样子。③阮仲容：即阮咸，字仲容，陈留尉氏人（今河南开封），是阮籍之侄。

博士王扬休碾密云龙同事十三人饮之戏作

矞云苍璧小盘龙，贡包新样出元丰。
王郎坦腹饭床东①，太官分物来妇翁。
棘闱②深锁武成宫，谈天进士雕虚空〔一〕。
鸣鸠欲雨唤雌雄，南岭北岭宫徵同〔二〕。
午窗欲眠视濛濛，喜君开包碾春风，注汤官焙香出笼。
非君灌顶甘露碗，几为谈天干舌本。

〔一〕任注：国朝试进士，多在武成王庙。熙丰间，进士高谈性命，元祐初，其习犹在。　〔二〕二句言程文声调一律也。

①"王郎"句：王郎指王羲之。语出《世说新语·雅量》载郗太傅选婿，王家诸郎"闻来觅婿，咸自矜持，唯有一郎在床上坦腹卧，如不闻。"②棘闱：贡院的别称。

答黄冕仲〔一〕索煎双井并简扬休

江夏无双①乃吾宗，同舍颇似王安丰〔二〕。
能浇茗碗湔祓我，风袂欲抱浮丘翁。
吾宗落笔赏幽事，秋月下照澄江空〔三〕。
家山鹰爪是小草，敢与好赐云龙同。

不嫌水厄②幸来辱，寒泉汤鼎听松风，夜堂朱墨小灯笼〔四〕。
惜无纤纤来捧碗，唯倚新诗可传本。

〔一〕冕仲，名裳。　〔二〕王戎封安丰侯，善发谈端，此引以比扬休。　〔三〕秋月澄江，言诗之清绝如此。　〔四〕此句不知何指。

① 江夏无双：指孝子黄香，有"天下无双江夏黄童"美誉。
② 水厄：嗜茶的别称。

再答冕仲

丘壑诗书虽数穷，田园芋栗颇时丰。
小桃源口雨繁红，春溪蒲稗没凫翁〔一〕。
投身世网梦归去，摘山鼓声雷隐空。
秋堂一笑共灯火，与公草木臭味同。
安用茗浇磊隗胸，他日过饭随家风〔二〕，买鱼贯柳鸡著笼。
更当力贫开酒碗，走谒邻翁称子本〔三〕。

〔一〕《急就篇》颜注曰：翁，凫颈毛也。　〔二〕《汉书·鲍宣传》：俱过宣，一饭去。　〔三〕称子本，谓称贷于邻家以治具。《韩文》：子本相侔。

戏答陈元舆〔一〕

平生所闻陈汀州〔二〕，蝗不入境年屡丰。
东门拜书始识面〔三〕，鬓发幸未成老翁。

官饔①同盘厌腥腻，茶瓯破睡秋堂空。

自言不复蛾眉梦，枯淡颇与小人[四]同。

但忧迎笑花枝红，夜窗冷雨打斜风，秋衣沈水换薰笼。

银屏宛转复宛转，意根难拔如薤本[五]。

〔一〕元祐二年八月，陈轩为主客郎中。轩字元舆。　〔二〕陈汀州，亦犹称郑冠氏、孙阳翟之类。　〔三〕任注云：东门拜书，当是拜诰于东上阁门。　〔四〕小人，山谷自谓也。　〔五〕"迎笑"句，谓少妇也。"夜窗"句，谓寒宵也。"秋衣"句，谓侍妾薰衣也。谓元舆虽甘枯淡，恐有少妇寒宵薰衣，意根复动耳。

① 官饔（yōng）：官府供给的饭食。

再答元舆

君不能入身帝城结子公，又不能击强有如诸葛丰①。

法当憔悴百寮②底，五十天涯一秃翁。

问君何自今为郎，便殿作赋声摩空。

偶然樽酒相劳苦，牛铎调与黄钟同[一]。

安得朱幡各凭熊，江南楼阁白蘋风，劝归啼鸟晓窗笼。

男儿邂逅功补衮，鸟倦归巢叶归本[二]。

〔一〕牛铎，山谷自谓也；黄钟，以比元舆也。　〔二〕邂逅，谓不期而得之。补衮，谓名位也。言名位仓卒可得，不如不忘其本也。

① 击强有如诸葛丰：像诸葛丰那样抨击权臣。诸葛丰，字少季，琅琊诸县（山东诸城）人，西汉司隶校尉，刺举无所避。
② 百寮：百官。

演雅

桑蚕作茧自缠裹，蛛䗭结网工遮逻。
燕无居舍经始忙，蝶为风光句引破。
老鹳衔石宿水饮，稚蜂趋衙供蜜课〔一〕。
鹊传吉语安得闲，鸡催晨兴不敢卧。
气陵千里蝇附骥，枉过一生蚁旋磨。
虱闻汤沸尚血食，雀喜宫成自相贺。
晴天振羽乐蜉蝣，空穴祝儿成蜾蠃。
蛣蜣转丸①贱苏合，飞蛾赴烛甘死祸。
井边蠹李螬苦肥，枝头饮露蝉常饿。
天蝼伏隙录人语，射工含沙须影过。
训狐啄屋真行怪，蟏蛸报喜太多可。
鸬鹚密伺鱼虾便，白鹭不禁尘土涴。
络纬②何尝省机织，布谷未应勤种播。
五技鼫鼠笑鸠拙，百足马蚿怜跛鳖。
老蚌胎中珠是贼，醯鸡③瓮里天几大。
螳螂当辙恃长臂，熠燿宵行矜照火。
提壶犹能劝沽酒，黄口〔二〕只知贪饭颗。
伯劳饶舌世不问，鹦鹉才言便关锁。
春蛙夏蜩更嘈杂，土蚓壁蟬何碎琐。
江南野水碧于天，中有狎鸥〔三〕闲似我。

〔一〕唐《食货志》有课户，今犹以赋税为国课，此谓蜂以酿蜜为课也。 〔二〕黄口，小雀也。 〔三〕狎鸥：一作白鸥。

① 蛣蜣转丸：《尔雅·释虫》："蛣蜣，一名蜣螂，黑甲，翅在甲下，喜取粪作丸而转之。" ② 络纬：虫名，俗称络丝娘、纺织娘。 ③ 醯（xī）鸡：《庄子》郭象注："醯鸡者，瓮中之蠛蠓。"古人

以为是酒醋上的白霉变成。

戏答赵伯充劝莫学书及为席子泽解嘲

平生饮酒不尽味,五鼎馈肉如嚼蜡〔一〕。
我醉欲眠便遣客,三年窥墙亦面壁〔二〕。
空余小来翰墨场,松烟①兔颖②傍明窗。
偶随儿戏洒墨汁,众人许在崔杜行〔三〕。
晚学长沙小三昧〔四〕,幻出万物真成狂。
龙蛇起陆雷破柱,自喜奇观绕绳床。
家人骂笑宁有道,污染黄素败粉墙。
诚不如南邻席明府〔五〕,蛛网锁砚蜗书梁。
怀中探丸起九死,才术颇似汉太仓。
感君诗句唤梦觉,邯郸初未熟黄粱③。
身如朝露无牢强,玩此白驹过隙光。
从此永明书百卷〔六〕,自公退食一炉香。

〔一〕二句言不好饮。 〔二〕二句言不好色。 〔三〕崔谓崔瑗,杜谓杜度。 〔四〕长沙僧,怀素也,自言得草书三昧。 〔五〕任注:席君盖京师医者,与山谷寓舍相邻,山谷书帖中所谓席三,即其人也。 〔六〕杭州永明寺智觉禅师延寿,著《宗镜录》一百卷。

① 松烟:松木燃烧后凝成的黑灰,为制松烟墨的原料,此指墨。② 兔颖:用兔毛所制的笔,后泛指毛笔。③ "邯郸"句,据唐沈既济《枕中记》载,贫寒士子卢生在道士吕翁的帮助下做了一个美梦,在梦中,卢生飞黄腾达,享尽荣华富贵,至梦醒之时,"主人蒸黍未熟,触类如故。"

戏书秦少游壁〔一〕

丁令威①,化作辽东白鹤归。
朱颜未改故人非,微服过宋风退飞〔二〕。
宋父〔三〕拥彗②待来归,谁馈百牢鸜鹆③已〔四〕。
秦氏〔五〕乌生八九子,雅乌之兄〔六〕毕逋尾。
忆炊门牡烹伏雌〔七〕④,未肯增巢令汝栖〔八〕。
莫愁野雉疏家鸡〔九〕,但愿主人印累累〔十〕。

〔一〕任注云:观此诗意,当是少游过南京时有所盼,主翁待少游厚,欲令从归,而其家难之也。 〔二〕谓少游过宋之南京,今之归德也。 〔三〕宋父,以喻所盼者之父。 〔四〕百牢,喻百两之礼。鸜鹆,喻此女也。 〔五〕秦氏,喻少游之夫人。 〔六〕兄,喻少游之子已长矣。 〔七〕此句喻少游昔年与妻同贫苦。 〔八〕此句喻妻意不欲少游纳妾。 〔九〕此句劝少游妻无怨其夫。 〔十〕言富贵后不妨广置姬妾也。

①"丁令威"句:丁令威,神话传说中的人物。《搜神后记》载:"丁令威,本辽东人,学道于灵虚山,后化鹤归辽,集城门华表柱。"②拥彗:形容礼贤下士。③鸜鹆(qú yù):鸟的一种,即八哥。④伏雌:即母鸡。

送少章从翰林苏公余杭

东南淮海惟扬州,国士无双秦少游。
欲攀天关守九虎,但有笔力回万牛。
文学纵横乃如此,故应当家有季子①。
时来谁能力作难,鸿雁行飞入道山。
斑衣儿啼②真自乐,从师学道也不恶。
但使新年胜故年,即如常在郎罢前〔一〕。

〔一〕顾况诗曰：隔地绝天，直至黄泉，不得在郎罷前。

① 季子：最小的儿子。② 斑衣儿啼：指老莱子孝养二亲，着五色彩衣、学小儿啼哭，以娱二亲。

便籴王丞送碧香酒，用子瞻韵戏赠郑彦能〔一〕

食贫好饮尝自嘲，日给上尊无骨相〔二〕。
大农部丞送新酒，碧香窃比主家酿。
应怜坐客竟无毡，更遭长官颇讥谤〔三〕。
银杯同色试一倾，排遣春寒出帏帐。
浮蛆翁翁杯底滑，坐想康成论泛盎①。
重门著关不为君，但备恶客来仇饷②。

〔一〕王诜晋卿，尚蜀国公主，其家酒名碧香。彦能，名仅。
〔二〕汉赐丞相上尊酒，言贫者无此骨相，不能邀给赐也。　〔三〕二句谓王怜山谷，怜其坐则无毡，出则被谤也。

① 泛盎：古代将酒的清浊分为五齐，泛齐、盎齐并称"泛盎"。
② 仇饷：杀饷者而夺其食物。饷，用酒食款待。

戏和答禽语

南村北村雨一犁，新妇饷姑翁哺儿。
田中啼鸟自四时，催人脱袴①着新衣。
着新替旧亦不恶，去年租重无袴着。

① 袴（kuì）：同"绔"，下衣，此指衣服。

谢景叔惠冬笋雍酥水梨三物

玉人怜我长蔬食,走送厨珍不自尝。
秦牛肥腻酥胜雪,汉苑甘寒梨得霜。
冰底斫春生笋束,豹文解箨①馔寒玉。
见他桃李忆故园,馋獠应残绕窗竹。

① 解箨:竹笋脱壳。

再答景叔

女三为粲当献王,三珍同盘乃得尝。
甘泉下浇藜苋肠,令我诗句挟风霜。
小人食珍敢取足,都城一饭炊白玉。
赐钱千万民犹饥〔一〕,雪后排檐冻银竹〔二〕。
〔一〕元祐二年十二月,以大雪寒,出钱百万,令开封府赐贫民。 〔二〕银竹,谓冰柱也。

出城送客过故人东平侯赵景珍墓

朱颜苦留不肯住,白发政尔欺得人。
婵娟去作谁家妾,意气都成一聚尘。
今日牛羊上丘垄①,当时近前左右瞋。
花开鸟啼荆棘里,谁与平章作好春。

① 丘垄：此指坟墓。

题也足轩〔一〕

简州景德寺觉范道人，种竹于所居之东轩。使君杨梦觊题其轩曰"也足"，取古人所谓"但有岁寒心，两三竿也足"者也，仍为之赋诗，余辄次韵。

道人手种两三竹，使君忽来唾珠玉。
不须客赋千首诗，若是当音一夔①足。
世人爱处但同流，一丝不挂似太俗。
客来若问〔二〕有何好，道人优昙〔三〕远山绿。

〔一〕并序。　〔二〕若问：一作问我。　〔三〕昙：一作波。

① 夔：据说为尧时的乐官。

送石长卿太学秋补

长卿家亦但四壁，文君窥之介如石。
胸中已无少年事，骨气仍有老松格。
汉文新览天下图〔一〕，诏山采玉渊献珠。
再三可陈治安策，第一莫上登封书。

〔一〕谓徽宗初立也。

次韵黄斌老所画横竹

酒浇胸次不能平,吐出苍竹岁峥嵘。
卧龙偃蹇雷不惊,公与此君俱忘形。
晴窗影落石泓处,松煤浅染饱霜兔。
中安三石使屈蟠,亦恐形全便飞去。

戏咏子舟画两竹两鹳鹆

风晴日暖摇双竹,竹间相语两鹳鹆。
鹳鹆之肉不可肴,人生不材果为福。
子舟之笔利如锥,千变万化皆天机。
未知笔下鹳鹆语,何似梦中蝴蝶飞。

题荣州祖元大师此君轩

王师学琴三十年,响如清夜落涧泉。
满堂洗尽筝琶耳,请师停手恐断弦〔一〕。
神人传书道人命,死生贵贱如看镜。
晚知直语触憎嫌,深藏幽寺听钟磬〔二〕。
有酒如渑①客满门,不可一日无此君②。
当时手栽数寸碧,声挟风雨今连云。
此君倾盖如故旧③,骨相奇怪清且秀。

程婴杵臼立孤难[三]④,伯夷叔齐采薇瘦[四]。

霜钟堂上弄秋月,微风入弦此君说[五]。

公家周彦笔如椽,此君语意当能传。

〔一〕四句叙其善鼓琴。 〔二〕四句叙其善推命。 〔三〕此句状竹之劲。 〔四〕此句状竹之瘦。 〔五〕二句因竹而及琴,回顾篇首。

①有酒如渑:酒如渑水一样多,极言酒多。②"不可"句:《世说新语·任诞》:"王子猷尝暂寄人空宅住,便令种竹。或问:'暂住何烦尔?'王啸咏良久,直指竹曰:'何可一日无此君?'"③倾盖如故旧:如友谊深厚的旧交一般。原指车上的伞盖靠在一起,后借指相交友情深厚。④"程婴"句:据《史记·赵世家》,晋景公时,大夫屠岸贾诛杀赵氏,将赵氏灭族。赵朔门客公孙杵臼与义士程婴谋划,由程婴携遗腹子赵武逃走,"公孙杵臼曰:'立孤与死孰难?'程婴曰:'死易,立孤难耳。'"

青神县尉厅茸城头旧屋,作借景亭。下瞰史家园水竹,终日寂然,了无人迹,又当大木绿荫之间戏作长句,奉呈信孺明府介卿少府[一]

青神县中得两张,爱民财力唯恐伤。

二公身安民乃乐,新茸城头六月凉。

竹铺不浣吴绫袜,东西开轩荫清樾。

当官借景未伤民,恰似凿池取明月[二]。

〔一〕尉即张祉。介卿,祉父闳,雅州人,娶山谷之姑,官太常卿。 〔二〕任注:杜牧之《盆池》诗云"凿破苍苔地,偷他一片天",此用其意。

黄山谷七古

戏赠家安国〔一〕

家侯口吃善著书,常愿执戈王前驱。
朱绂蹉跎晚监郡,吟弄风月思天衢。
二苏〔二〕平生亲且旧,少年笔砚老杯酒。
但使一气转鸿钧,此老矍铄还冠军。

〔一〕安国,字复礼,眉山人,初以武进,后入左选。 〔二〕二苏,谓东坡、黄门,亦眉人,皆有赠安国之诗。

和王观复、洪驹父谒陈无己①长句〔一〕

陈君今古焉不学,清渭无心映泾浊。
汉官旧仪重九鼎〔二〕,集贤学士见一角〔三〕。
王侯文采似於菟,洪甥人间汗血驹。
相将问道城南隅,无屋止借船官居。
有书万卷绕四壁,樵苏不爨②谈至夕。
主人自是文章伯③,邻里颇怪有此客。
食贫各仕〔四〕天一方,佳人可思不可忘。
河从天来砥柱立〔五〕,爱莫助之涕淋浪。

〔一〕王蕃,字观复,沂公之孙,官阆中时常从山谷问学,元符三年自京师改官复入蜀,会山谷于荆州。洪刍字驹父,山谷之甥也。 〔二〕谓无己有前辈典刑,足为士林之重。 〔三〕一角,以无己比麟,谓如学士中之瑞也。 〔四〕仕:一作在。 〔五〕言无己独立于颓波之间。

① 陈无己:即陈师道(1053—1102),字履常,一字无己,号后山居士,徐州彭城(今江苏徐州)人,北宋"苏门六君子"之

一,江西诗派代表诗人。② 樵苏不爨(cuàn):柴草做不成饭。指代贫困。③ 文章伯:古时对文章大家的尊称。

王充道送水仙花五十枝,欣然会心,为之作咏

凌波仙子生尘袜,水上轻盈步微月。
是谁招此断肠魂,种作寒花寄愁绝。
含香体素欲倾城,山矾是弟梅是兄。
坐对真成被花恼,出门一笑大江横。

庭坚以去岁九月至鄂,登南楼,叹其制作之美,成长句,久欲寄远,因循至今,书呈公悦〔一〕

江东湖北行画图,鄂州南楼天下无。
高明广深势抱合,表里江山来画阁。
雪筵披襟夏簟寒,胸吞云梦何足言。
庾公风流冷似铁,谁其继之方公悦。

〔一〕公悦,名泽。

题莲华寺

狂卒猝起金坑西,胁从数百马百蹄。
所过州县不敢谁,肩舆房载三十妻。

仵生有胆无智略，谓河可冯虎可搏①。
身膏白刃浮屠前，此乡父老至今怜。

①"谓河"句：即暴虎冯河，徒手打虎，涉水过河。指冒险行事。语出《诗经·小雅·小旻》："不敢暴虎，不敢冯河。人知其一，莫知其他。战战兢兢，如临深渊，如履薄冰。"

送密老〔一〕住五峰

我穿高安过萍乡，七十二渡绕羊肠。
水边林下逢衲子①，南北东西古道场。
五峰秀出云雨上，中有宝坊②如侧掌。
去与青山作主人，不负法昌老禅将。
栽松种竹是家风，莫嫌斗绝无来往。
但得螺师吞大象，从来美酒无深巷〔二〕。

〔一〕密老，盖法昌之嗣。　〔二〕螺师吞大象，法昌《法身颂》中语也。美酒无深巷，古语也，谓酒之美者，虽在深僻之地，人必就沽。山谷之意，以为密老但解法昌宗旨，何患不为人所知哉。

① 衲子：出家人。② 宝坊：对寺院的美称。

武昌松风阁

依山筑阁见平川，夜阑箕斗插屋椽，我来名之意适然。
老松魁梧数百年，斧斤所赦今参天。
风鸣娲皇五十弦①，洗耳②不须菩萨泉。

嘉二三子甚好贤，力贫买酒醉此筵。

夜雨鸣廊到晓悬，相看不归卧僧毡。

泉枯石燥复潺湲，山川光辉为我妍。

野僧早饥不能馔，晓见寒溪有炊烟。

东坡道人已沉泉〔一〕，张侯③何时到眼前〔二〕。

钓台惊涛聒昼眠，怡亭看篆蛟龙缠。

安得此身脱拘挛④，舟载诸友长周旋。

〔一〕山谷以崇宁元年壬午九月至鄂，东坡已于前一年辛巳死矣，故曰"沉泉"。　〔二〕文潜时谪黄州安置，尚未到黄，故曰"何时到眼前"。

①五十弦：乐器瑟的代称。②洗耳：许由是上古时的隐者，尧曾让位于许由，许由不受，并认为这弄脏了他的耳朵，遂有洗耳之举。③张侯：此处指张耒。此时被贬房州别驾。④拘挛（luán）：束缚。

次韵文潜①

武昌赤壁吊周郎，寒溪西山寻漫浪②。

忽闻天上故人来，呼船凌江〔一〕不待饷。

我瞻高明少吐气，君亦欢喜失微恙③。

年来鬼祟④复三豪〔二〕，词林根柢颇摇荡。

天生大材竟何用，只与千古拜图像。

张侯文章殊不病，历险心胆元自壮。

汀州鸿雁未安集，风雪牖户当塞向。

有人出手办兹事，政可隐几穷诸妄〔三〕。

经行东坡眠食地，拂拭宝墨生楚怆。

水清石见君所知，此是吾家秘密藏〔四〕。

〔一〕凌江，即凌云、凌波之类。韩诗："遂凌大江极东陬。"〔二〕任注云：三豪当是东坡先生、范淳夫、秦少游，于是时皆死矣。　〔三〕二句谓安民修政自有庙堂诸人身任兹责，吾辈政可隐几学道，息诸妄念尔。　〔四〕二句言贤愚邪正久而自明，犹水清而石自见。

① 文潜：即张耒，字文潜。② 漫浪：即元结，号漫浪。③ 恙：病。④ 鬼祟：鬼怪。此指人死亡。

次韵元实〔一〕病目

道人常恨未灰心，儒士苦爱读书眼〔二〕。
要须玄览照镜空，莫作白鱼①钻蠹简②。
阅人朦胧似有味，看字昏涩尤宜懒。
范侯年少百夫雄，言行一一无可柬。
看君眸子当瞭然，乃称胸次常坦坦。
如何有物食明月，泪睫陨珠衣袖满。
金篦刮膜③会有时，汤熨取快术诚短。
君不见岳头懒瓒一生禅，鼻涕垂颐渠不管④。

〔一〕范温字元实，范祖禹淳夫之子，秦少游之婿。　〔二〕言为道者惟恐心之不灰，为学者惟恐见之不博，各异趣也。

① 白鱼：即衣鱼虫，书虫。② 蠹简，遭虫蛀的书，泛指破旧书籍。③ 金篦刮膜：以金篦刮眼膜，古时一种治疗眼疾的方式。④ "君不见""鼻涕"二句：《林间录》："唐高僧号懒瓒……德宗闻其名，遣使驰诏召之。使者即其窟宣言：'天子有诏，尊者幸起谢恩。'瓒方拨牛粪火，寻煨芋食之，寒涕垂膺，未尝答，使者笑之，且劝瓒拭涕，瓒曰：'我岂有工夫为俗人拭涕耶？'"

花光仲仁〔一〕出秦、苏①诗卷，思两国士不可复见，开卷绝叹。因花光为我作梅数枝及画烟外远山，追少游韵记卷末

梦蝶真人貌黄槁，篱落逢花须醉倒〔二〕。
雅闻花光能画梅，更乞一枝洗烦恼。
扶持〔三〕爱梅说道理，自许牛头参已早〔四〕。
长眠橘洲风雨寒〔五〕，今日梅开向谁好。
何况东坡成古丘，不复龙蛇看挥扫。
我向湖南更岭南，系船来近花光老。
叹息斯人不可见，喜我未学霜前草〔六〕。
写尽南枝与北枝，更作千峰倚晴昊②。

〔一〕仲仁，盖衡州花光山长老。 〔二〕梦蝶真人，用庄子事。篱落逢花，用陶潜事，以比秦少游逢花便醉也。 〔三〕扶持，疑当作扶杖。 〔四〕法融禅师入牛头山幽栖寺，有百鸟衔花之异。 〔五〕少游卒于藤州，其子处度藁殡于潭，故有此句。 〔六〕霜前草，言喜尚未死也。

① 秦、苏：秦观和苏轼的并称。② 晴昊：晴天。

书磨崖碑后

春风吹船著浯溪，扶藜上读中兴碑。
平生半世看墨本，摩挲石刻鬓成丝。
明皇不作苞桑计，颠倒四海由禄儿。
九庙不守乘舆西①，万官已作鸟择栖。

抚军监国太子事,何乃趣取大物为。
事有至难天幸尔,上皇踽踽②还京师。
内间张后色可否,外间李父颐指挥③。
南内凄凉几苟活,高将军去事尤危〔一〕。
臣结舂陵二三策④,臣甫杜鹃再拜诗⑤。
安知忠臣痛至骨,世上但赏琼琚词。
同来野僧六七辈,亦有文士相追随。
断崖苍藓对立久,冻雨为洗前朝悲。

〔一〕张后与李辅国谋徙上皇于西内,高力士从上皇自蜀还,为李辅国所诬,长流巫州。

①"九庙"句:指天宝十五载(756)六月,叛军攻陷唐都长安,李隆基仓惶出逃至成都。②踽踽:小心谨慎的样子。③"内间""外间"二句:肃宗即位后,皇后张氏勾结太监李辅国干预政事,又图谋废太子李豫。后因试图夺权,事泄被处死。李辅国后被唐代宗李豫处死。④"臣结"句:代宗时,元结任道州刺史,以《道州谢上表》《舂陵行》陈述民间疾苦。⑤"臣甫"句:臣甫,即杜甫。唐杜甫《杜鹃》:"杜鹃暮春至,哀哀叫其间。我见常再拜,重是古帝魂。"

太平寺慈氏阁〔一〕

青玻璃盆插千岑,湘江水清无古今。
何处拭目穷表里,太平飞阁暂登临。
朝阳不闻皂盖①下,愚溪②但有古木阴〔二〕。
谁与洗涤怀古恨,坐有佳客非孤斟。

〔一〕原注云:晚与曾公衮同登。 〔二〕元结在零陵寻得岩洞，名曰朝阳岩。结为春陵刺史，死已久矣，故曰"不闻皂盖下"。愚溪，怀柳子厚也。

① 皂盖：古代官员所用的黑色蓬伞。② 愚溪：溪名，在湖南永州城郊，曾名冉溪、染溪，柳宗元改名愚溪，并作《愚溪诗序》。

题淡山岩〔一〕二首

去城二十五里近，天与隔尽俗子尘。
春蛙秋蝇不到耳，夏凉冬暖总宜人。
岩中清磬①僧定起，洞口绿树仙家春。
惜哉次山世未显，不得雄文镵翠珉②。
〔一〕淡山岩，在永州西南有岩，空洞可容数千人。

① 磬：古时僧人所用的打击乐器，状似钵，一般以铜制成。
② 镵翠珉：雕刻在石碑之上。翠珉，石碑的别称。

淡山淡姓人安在，徵君避秦亦不归〔一〕。
石门竹径几时有，琼台瑶室至今疑。
回中明洁坐十客〔二〕，亦可呼乐醉舞衣。
阆州城南果何似，永州淡岩天下稀。

〔一〕徵君，谓周贞实，零陵人，居淡山石室，秦始皇三征不起，遂化为石。　〔二〕元次山有《大回中》《小回中》诗，言樊水之回洑也，此借用以言岩洞之回环。

黄山谷七古

明远庵

远公①引得陶潜住，美酒沽来饮无数。
我醉欲眠卿且去，只有空瓶同此趣〔一〕。
谁知明远似远公，亦欲我行庵上路。
多方挈取瓮头春，大白梨花十分注〔二〕。
与君深入逍遥游，了无一物当情素。
道卿道卿归去来〔三〕，明远主人今进步。

〔一〕渊明好眠，空瓶亦好卧，故曰同此趣。 〔二〕瓮头，初熟酒也。梨花，酒杯样制如此。 〔三〕原注云：道卿，浯溪僧。

① 远公：即慧远大师（334—416），东晋高僧，雁门郡楼烦县（今山西原平）人，为净土宗之始祖，精通诗赋，与陶渊明等诗人交好。

戏答欧阳诚发奉议谢予送茶歌

欧阳子，出阳山，
山奇水怪有异气，生此突兀熊豹颜。
饮如江水洞庭野，诗成十手不供写。
老来抱璞向涪翁，东坡元是知音者。
苍龙璧，官焙香，
涪翁投赠非世味，自许诗情合得尝。
却思翰林来馈光禄酒①，两家冰鉴共寒光〔一〕。
予乃安敢比东坡，有如玉盘金叵罗②。

直相千万不啻过，爱公好诗又能多。

老夫何有更横戈，奈此于思百战何〔二〕。

〔一〕欧阳昔年曾为东坡所赏，馈之以酒，兹又与山谷往还，馈之以茶。　〔二〕欧阳君必多髯，故用宋华元于思事。

① 光禄酒：北宋在京城中设置光禄寺，负责生产朝廷国事用酒，光禄寺生产的酒即"光禄酒"。② 金叵罗：古时的一种金制酒器。

和范信中寓居崇宁遇雨二首

范侯来寻八桂路，走避俗人如脱兔。

衣囊夜雨寄禅家，行潦①升阶漂两屦。

遣闷闷不离眼前，避愁愁已知人处。

庆公忧民苗未立，旻公忧木水推去〔一〕。

两禅有意开寿域，岁晚筑室当百堵〔二〕②。

它时无屋可藏身，且作五里公超雾〔三〕。

〔一〕庆、旻盖崇宁两禅僧。　〔二〕徽宗崇宁三年，诏天下置崇宁寺观，为上祈年。　〔三〕后汉张楷字公超，性好道术，能作五里雾。

① 行潦：沟中的流水。② 百堵：古人以一墙为一堵，百堵形容房屋之多。

当年游侠成都路，黄犬苍鹰伐狐兔。

二十始肯为儒生，行寻丈人奉巾屦。

千江渺然万山阻，抱衣一囊遍处处。

或持剑挂宰上回，亦有酒罢壶中去。

昨来禅榻寄曲肱，上雨傍风破环堵。
何时鲲化北溟波，好在豹隐南山雾[一]①。

[一] 已上《内集》。

① 豹隐南山雾：《列女传》载，南山玄豹雾雨七日而不下食者，何也？欲以泽其毛而成文章也。故藏而远害。后世以"雾豹怀文隐"比喻有才之士能辨明时机、适时归隐。

清江引[一]

江鸥摇荡荻花秋，八十渔翁百不忧。
清晓采莲来荡桨，夕阳收网更横舟。
群儿学渔亦不恶，老妻白头从此乐。
全家醉著蓬底眠，舟在寒沙夜潮落。

[一] 以下《外集》。　○嘉祐六年作，时公年十七。

还家呈伯氏[一]①

去日樱桃初破花，归来著子如红豆。
四时驱迫少须臾，两鬓飘零成老丑。
永怀往在江南日，原上急难风雨后。
私田苦薄王税多，诸弟号寒诸妹瘦。
扶将白发渡江来，吾二人如左右手。
苟从禄仕我遭回②，且慰家贫兄孝友。
强趋手板③汝阳城，更责愆期被诃诟[二]。

法官毒螫草自摇，丞相④霜威人避走。

贱贫孤远盖如此，此事端于我何有。

一囊粟麦七千钱，五人兄弟二十口。

官如元亮且折腰，心似次山羞曲肘⑤。

北窗书册久不开，筐箧黄尘生锁钮。

何当略得共讨论，况乃雍容把杯酒。

意气敷腴⑥贵壮年，不早计之且衰朽。

安得短船万里随江风，养鱼去作陶朱公⑦。

斑衣奉亲伯与侬，四方上下相依从。

用舍由人不由己，乃是伏辕驹犊耳。

〔一〕原注：叶县作。　○辛亥，二十七岁。　〔二〕山谷初到汝州时，镇相富公以到官逾期下吏。

① 伯氏：兄长，此指黄大临（1041—1105），字元明，号寅庵，黄庭坚的哥哥。② 邅回：难以前行的样子。③ 手板：即笏板。④ 丞相：此指北宋富弼（1004—1083），字彦国，河南（今河南洛阳）人。⑤ "心似"句：次山，即元结。唐元结《恶曲》："古人有恶曲者，不曲臂以取物，不曲膝以便坐，见天下有曲于君、曲于民、曲于鬼神者，往劫而死之。"⑥ 敷腴：快乐的样子。⑦ 陶朱公：即范蠡隐于宋国陶丘，自号"陶朱公"。

流民叹

朔方频年无好雨，五谷不入虚春秋。

迩来后土中夜震，有似巨鳌复戴三山游。

倾墙摧栋压老弱，冤声未定随洪流。

地文划劙①水麕沸②，十户八九生鱼头。

稍闻澶渊渡河日，数万河北不知虚几州。
累累襁负襄叶间，问舍无所耕无牛。
初来犹自得旷土，嗟尔后至将何怙③。
刺史守令真分忧，明诏哀痛如父母。
庙堂已用伊吕徒④，何时眼前见安堵⑤。
疏远之谋未易陈，市上三言或成虎。
祸灾流行固无时，尧汤水旱人不知。
桓侯之疾初无证，扁鹊入秦始治病。
投胶盈掬俟河清，一箪岂能续民命。
虽然犹愿及此春，略讲周公十二政。
风生群口方出奇，老生常谈幸听之〔一〕。

○己酉，二十五岁。　〔一〕熙宁二年，河北于旱后又遭水灾，流民南渡就食襄叶间。所云"疏运之谋"，"老生常谈"者，山谷是时必陈救荒之策也。

① 划劙（lí）：割开，割裂。此处形容地面裂开。② 鬻沸：水翻涌腾跃的样子。③ 怙：依赖，依靠。④ 伊吕徒：像伊尹、吕尚那样的人。⑤ 安堵：安身之所。

次韵答张沙河〔一〕

张侯堂堂身八尺，老大无机如汉阴。
猛摩虎牙取吞噬，自叹日月不照临。
策名日已污轩冕，逃去未必焚山林①。
我评君才甚高妙，孤竹截管空桑琴。
四十未曾成老翁，紫髯垂颐郁森森。
眉宇之间见风雅，蓝田烟雾生球琳②。

胸中碨磊政③须酒,东观可揽北斗斟。
古人已悲铜雀上,不闻向时清吹音。
百年毁誉付谁定,取醉自可结舌瘖④。
使公系腰印如斗,驷马高盖驱駸駸⑤。
亲朋改观婢仆敬,成都男子宁异今。
又言屋底甚县罄,儿婚女嫁取千金。
古来圣贤多不饱,谁能独无父母心。
众雏堕地各有命,强为百草忧春霖。
艾封人子暗目睫,与王同床悔沾襟。
陇鸟入笼左右啄,终日思归碧山岑。
一生能几开口笑,何忍更遣百虑侵。
忽投雄篇写逸兴,仰占乾文动奎参。
自陈使酒尝骂坐,惜予不与朋合簪。
君材蜀锦三千丈,要在刀尺成衣衾。
南朝例有风流癖,楚地俗多词赋淫。
屈原离骚岂不好,只今漂骨沧江浔。
政令夷甫开三窟⑥,猎以我道皆成禽。
温恭忠厚神所劳,于鱼得计岂厌深。
丈夫身在要勉力,岂有吾子终陆沉。
鄙人相士盖多矣,勿作蔡泽⑦笑嗫吟。

〔一〕知邢州沙河县。

①"逃去"句:典出《庄子·盗跖》:"介子推至忠也,自割其股以食文公,文公后背之,子推怒而去,抱木而燔死。"②球琳:球、琳皆为美玉之名,后常指代杰出人才。③政:通"正"。④舌瘖:舌头不能讲话。⑤駸(qīn)駸:马跑得很快的样子。⑥"政令"句:《晋书·王衍传》载,夷甫,即西晋王衍(256—311),字夷甫,琅琊临沂(今山东临沂)人,"以弟澄为荆州,族弟敦为青

州。因谓澄、敦曰：'荆州有江、汉之固，青州有负海之险，卿二人在外，而吾留此，足以为三窟矣。'识者鄙之"。⑦ 蔡泽：秦相，历任秦昭襄王、秦孝文王、秦庄襄王、秦始皇职四朝，曾献计秦昭王攻灭东周。

古风次韵答初和甫二首

饥思河鲤与河鲂，渴思蔗浆玉碗凉。
冬愿纯绵对阴雪，夏愿绉绤①度盛阳。
万端作计身愁苦，一事不谐鬓苍浪。
调笑天街吟海燕，藜羹脱粟非公狂。
〇元丰七年甲子，四十岁。

① 绉绤（zhòu chī）：精细的葛。

君吟春风花草香，我爱春夜碧月凉。
美人美人隔湘水，其雨其雨怨朝阳。
兰荃盈怀报琼玖，冠缨自洁非沧浪。
道人四十心如水，那得梦为蝴蝶狂。

次韵答和甫卢泉水三首〔一〕

和甫作《卢泉之水》，不求于古乐府，而规摹暗合，予为和成三叠。自予官河外，罕得逆耳之言于朋友。和甫爱我也，居有药言。吾不欲其思卢泉也，故作其一。父母之邦，有如仲尼、柳下惠，而怀安之，以吾之乐双井，知和甫之不忘卢泉也，故作其二。坐进此道者，于物无择。清漳之波，浊河之流，卢泉之水，求其异味而不得也。亲乐之身，安之斯可矣，故作其三。夫三言者虽不同，唯知言者领其不异也。

初侯不能六尺长①，少日结交皆老苍。

势利不可更炎凉，解缨从我濯沧浪。

与君论心松柏香，何为独忆卢泉之上多绿杨。

卢泉如练照秋阳，泉上之人犹谤伤。

此邦虽陋有佳士②〔二〕，勿厌风沙吹茫茫。

愿君不负上池水，囊中探丸起人死。

〔一〕并序。初虞世，字和甫，工医，居东平府须城县卢泉乡。　〔二〕当指德平言之。

①"初侯"句：《史记·管晏列传》："晏子长不满六尺，身相齐国，名显诸侯。"②上池水：佳水。一说凌空取水或竹木上的水。

卢泉之木百尺长，下荫泉色如木苍。

苹风和雨洒面凉，倒影摇荡天沧浪。

网登锦鳞蒲荇香，何以贯之柳与杨。

古来希价入咸阳，贪功害能相中伤。

君今已出纷争外，但思烟波春淼茫。

奉亲安乐一杯水，卢泉之滨可忘死。

舍后钟梵炉烟长，舍前帘影竹苍苍。

事亲暖席扇枕凉，中有一士鬓苍浪。

同心之言兰麝香，与游者谁似姓杨。

朝发枉渚夕辰阳，怀瑾握瑜只自伤。

东有浊河西清漳,胡为搔头卢泉思茫茫。
清明在躬不在水,此曹狡狯可心死。

赠赵言

饶阳赵方士,眼如九秋①鹰。
学书不成不学剑,心术妙解通神明。
医如俯身拾地芥,相如仰面观天星。
自言方术杂鬼怪,万种一贯皆天成。
大梁卜肆倾宾客,二十余年声藉藉。
得钱满屋不经营,散与世人还寄食。
北门尘土满衣襟,广文直舍官槐阴。
白云劝酒终日醉,红烛围棋清夜深。
大车驷马不回首,强项老翁来见寻〔一〕。
向人忠信去表襮,可喜政在无机心。
轻谈祸福邀重稭②,所在多于竹苇林。
翁言此辈无足听,见叶知根论才性。
飞腾九天沉九泉,自种自收皆在行。
先期出语骇传闻,事至十九中时病。
轮囷③离奇惜老大,成器本可千万乘。
自叹轻霜白发新,又去惊动都城人。
都城达官老于事,嫌翁出言不妩媚。
有手莫炙权门火,有口莫辨荆山玉。
吴宫火起燕焚巢,当时卞和斮两足。
千里辞家却入门,三春荣木会归根。

我有江南黄篾舫，与翁长入白鸥群④。

〔一〕"北门"至此六句，山谷时在北京，他人不顾，而赵言独来相寻访也。

①九秋：即九月深秋。②重䊠：丰厚的报酬。③轮囷（qūn）：盘曲的样子。④"与翁"句：比喻隐遁避世。

次韵晁补之、廖正一赠答诗〔一〕

晁子抱材①耕谷口，世有高贤践台斗。
顷随计吏西入关，关夫数日传车还。
封侯半属妄校尉，射虎猛将犹行间②。
无因自致青云上，浪说诸公见嗟赏。
骥伏盐车不称情，轻裘肥马凤凰城。
归来作诗谢同列，句与桃李争春荣。
十年山林廖居士，今随诏书称举子。
文章宏丽学西京，新有诗声似侯喜。
君不见，古来良为知音难，绝弦不为时人弹。
已喜琼枝在我侧，更恨桂树无由攀。
千里风期初不隔，独怜形迹滞河山〔二〕。

〔一〕补之，字无咎。正一，字明略。元丰二年己未同榜。《晁无咎集》云：《及第东归将赴调寄李成季》，又云：《复用前韵答明略并呈鲁直》。 〔二〕"顷随"以下七句，俱言其不得志。"轻裘"句，言其登科也。

①抱材：即抱才，怀才。②"封侯""射虎"二句：指李广沉沦待伍中，老死不得封侯及射虎中石没镞事。

黄山谷七古

再次韵呈廖明略

吾观三江五湖口,汤汤谁能议升斗。
物诚有之士则然,晚得廖子喜往还。
学如云梦吞八九,文如壮士开黄间。
十年呻吟江湖上,青枫白鸥付心赏。
未减北郭汉先生,五府交书不到城〔一〕。
相者举肥骥空老,山中无人桂自荣。
君既不能如锺世美①,匦函②上书动天子〔二〕。
且向华阴郡下作参军,要令公怒令公喜。
君不见,晁家乐府可管弦,惜无倾城为一弹。
从军补掾百僚底,九关虎豹③何由攀。
男儿身健事未定,且莫著书藏名山。

〔一〕后汉汝南廖扶,州郡公府辟召,皆不应。时人号为北郭先生。 〔二〕元丰元年十一月,钟世美以内舍生上书称旨得官。世美盖党附王安石者,山谷此言特戏之耳。

① 锺世美:字公实,曾献书万言,论教化未宣、法制未备、守令不择、旧疆未复。② 匦函:古代朝廷接受臣民投书的匣子。③ 九关虎豹:语出《楚辞·招魂》"虎豹九关,啄害下人些",后比喻凶残的权臣。

走答明略,适尧民来相约,奉谒故篇末及之

君不见,生不愿为牛后,宁为鸡口。
吾闻向来得道人,终古不忒①如维斗②。
希价咸阳诸少年,可推令往挽令还。

俗学风波能自拔，我识廖侯眉宇间。
省庭无人与争长〔一〕，主司得之如受赏。
东家一笑市尽倾，略无下蔡与阳城。
生珠之水沙砾润，生玉之山草木荣。
观君词章亦如此，谅知躬行有君子。
更约探囊阅旧文，蛛丝灯花助我喜。
贤乐堂前竹影班，好鸟自语莫令弹。
北邻著作相劳苦〔二〕，整驾谒予邀同攀。
应烦下榻煮茶药，坐待月轮衔屋山。

〔一〕唐宋试进士日省试。韩公诗："下驴入省门。"此云省庭，皆指试进士言之。　〔二〕指尧民也。

① 不忒：没有变更，没有差错。② 维斗：北斗星之别称。

答明略并寄无咎

可以忘忧惟有酒，清圣浊贤皆可口。
前日过君饮不多，明日解酲①无五斗。
古木清阴丹井栏，夜来凉月屋头还。
论交拨置形骸外，得意相忘樽俎间。
冰壶不可与夏虫飨，秋月不可与俗士赏。
已得樽前两友生，更思一士济阳城〔一〕。
虽无四至九卿②之规画，犹有千秋万岁之真荣。
空名未食太仓米，今作斑衣老莱子。
卿家嗣宗〔二〕望尔来，不独我闻足音喜。
西风索寞叶初干，长铗归来③亦罢弹。
穷巷蓬蒿深一尺，朱门帝陛高难攀。

吾侪④相逢置是事，百世之下仰高山。

〔一〕两生，谓尧民、明略。一士，谓无咎，时在济州也。
〔二〕嗣宗，谓尧民为无咎之诸父，以无咎比阮咸也。

① 解酲（chéng）：醒酒。② 四至九卿：形容频居高位。
③ 长铗归来：用《战国策·齐策》冯谖弹剑铗而歌"长铗归来乎！"④ 吾侪：我辈。

再次韵呈明略并寄无咎

夏云凉生土囊口，周鼎汤盘①见科斗②。
清风古气满眼前，乃是户曹报章还。
只今书生无此语，已在贞元元和间。
一夫咢咢独无望，千夫唯唯皆论赏。
野人泣血漫相明，和氏之璧无连城。
参军拄笏看云气，此中安知枯与荣。
我梦浮天波万里，扁舟去作鸱夷子③。
两士风流对酒樽，四无人声鸟声喜〔一〕。
梦回扰扰仍世间，心如伤弓怯虚弹。
不堪市井逐乾没，且愿朋旧相追攀。
寄声小掾笃行李，落日东面空云山。

〔一〕忽幻出一梦，梦与二子对酒，奇甚。 ○"一夫"四句，言举世混浊不清，是非不明，故但当拄笏看云，不问荣枯耳。

① 周鼎汤盘：周代的鼎，商汤的盘，泛指商周遗物。② 科斗：即蝌蚪文，一种书体，因头粗尾细形似蝌蚪而得名。③ "扁舟"句：指辞官归隐。《史记·越王勾践世家》："范蠡浮海出齐，变姓名，自谓鸱夷子皮，耕于海畔，苦身戮力，父子治产。"

再答明略二首

挟策①读书计糊口,故人南箕与北斗。
江南江北万重山,千里寄书声不还。
当时朱弦写心曲,果在高山流水间。
枯桐满腹生蛛网,忍向时人觅清赏。
廖侯文字得我惊,五岳纵横守严城。
万夫之下不称屈,定知名满四海非真荣。
富于春秋已如此,他日卜邻长儿子。
一丘各自有林泉,扶将白头亲宴喜。
秋风日暮衣裳单,深巷叶落已如弹。
数来会面复能几,六龙去人不可攀。
短歌溯公更一和,聊乞淮南作小山〔一〕②。

〔一〕读书糊口,言不能有为于时也。南箕北斗,言故人各在天一方也。"当时"四句,言良友远别,不复向时人索知音也。

① 挟策:手拿书策,指勤奋读书。语出《庄子·骈拇》:"臧与谷二人相与牧羊而俱亡其羊。问臧奚事,则挟策读书。" ② 淮南作小山:淮南小山是西汉淮南王刘安的部分门客的总称。汉王逸《楚辞序》:"《招隐士》者,淮南小山之所作也。"即淮南王刘安文学群体。

廖侯言如不出口,铨量古今胆如斗。
度越崔张与二斑,古风萧萧笔追还。
前日辞家来射策①,声名籍甚诸公间。
华阴白云锁千嶂,胜日一谈谁能赏。
君不见,曩时子产②识然明,知音郁郁闭佳城。
勿以匣中之明月,计校粪上之朝荣。

我去丘园十年矣，种桑可蚕犊生子。
使年七十今中半，安能朝四暮三浪忧喜。
据席谈经③只强颜，不安时论取讥弹。
爱君草木同臭味，颇似瓜葛相依攀。
我有仙方煮白石④，何时期君蓝田山。

① 射策：汉代的一种取士方式。② 子产（？—前522）：春秋时期郑国大臣，先后辅佐郑简公、郑定公。③ 据席谈经：《后汉书·儒林列传》："时诏公卿大会，群臣皆就席，凭独立。光武问其意。凭对曰：'博士说经皆不如臣，而坐居臣上，是以不得就席。'帝即召上殿，令与诸儒难说，凭多所解释。帝善之。"④ 煮白石：传说神仙、方士烧煮白石为粮。指道士修炼。

次韵谢子高读渊明传

枯木嵌空微暗淡，古器虽在无古弦。
袖中政有南风①手，谁为听之谁为传。
风流岂落正始后②，甲子不数义熙③前。
一轩黄菊平生事④，无酒令人意缺然。

① 南风：上古乐曲名，相传为虞舜所作。②"风流"句：正始（240—249）是三国时期曹魏的君主曹芳使用的第一个年号。正始年间，嵇康、阮籍、山涛、向秀、刘伶、王戎及阮咸七人聚于山阳县（今河南焦作）竹林之下喝酒纵歌，后世多称其为"魏晋风流"。③ 义熙（405—418）：晋安帝司马德宗的第四个年号。④"一轩"句：陶渊明尤爱菊花，故称。

次韵孔著作早行

弃置锄犁就车马,从来计出古人下。
尘埃好在三尺桐①,不疑万世期子野②。
明经使者著书郎,风雨乘驿忘夙夜。
回车过门问无恙,何意深巷勤长者。
圣师③之后盖多贤,领略世故有余暇。
白面长身虽不见,好古发愤尚类也。
自然身如警露鹤,每先鸣鸡整初驾。
北行河决所至郡,肃肃王命哀鳏寡。
力排潼沱避城郭,深泽疲民且田舍。
贾生④三策藏胸中,羿矢百中不虚舍。
行归定拜关内侯,但赐黄金恐非价。

○但问无恙者,言过家不遑久处也。"何意"句,言更不能过访亲长也。韩文以孔戣之白面长身类孔子,山谷此诗以孔著作之好古发愤类孔子。史注云:先言明经使者,又言北行河决,盖比之汉平当也。平当以明经为博士,又以明经《禹贡》使行河。

① 三尺桐:指琴,古琴多以桐木制成,故云。② 子野:即师旷(前572—前532),字子野,平阳(今山东新泰)人,先秦著名乐师。③ 圣师:即孔子。④ 贾生:即贾谊。《汉书·贾谊传》:"贾生名谊,雒阳人也。谊数上疏陈政事,多所欲匡建。"

次韵无咎阎子常携琴入村

士寒饿,古犹今。
向来亦有子桑琴,倚槛啸歌非寓淫。

黄山谷七古

伯牙山高水深深，万世丘垄一知音。
阎君七弦抱幽独，晁子为之梁父吟[一]。
天寒络纬悲向壁，秋高风露声入林。
冷丝枯木拂蛛网，十指乃能写人心。
村村击鼓如鸣鼍，豆田见角谷成螺[二]。
岁丰寒士亦把酒，满眼饤饾①梨枣多[三]。
晁家公子[四]屡经过，笑谈与世殊臼科。
文章落落映晁董，诗句往往妙阴何②。
阎夫子，勿谓知人难，使琴抑怨久不和。
明光画开[五]九门肃，不令高才牛下歌③。

〔一〕山谷尝写《梁父吟跋》云：武侯此诗，乃以曹公专国，杀杨修、孔融、荀彧耳。此用《梁父吟》，亦《跋》中之意也。
〔二〕晋石崇及卫瓘传，皆言饭化为螺。此借用，以言谷已坚栗也。
〔三〕此四句，咏入村也。　〔四〕公子，谓晁氏之群从也。
〔五〕画开：疑当作昼开。

① 饤饾：摆设的多而杂的食品。② 阴何：指梁陈时代诗人阴铿、何逊。③ 牛下歌：指寒士自求用世。《淮南子·道应训》："宁越饭牛车下，望见桓公而悲，击牛角而疾商歌。桓公闻之，抚其仆之手曰：'异哉，歌者非常人也！'命后车载之。"

赠张仲谋[一]

车如鸡栖马如狗，闭门常多出门少。
去天尺五①张公子，官居城南池馆好。
健儿快马紫游缰，迎我不知沙路长。
高榆老柳媚寒日，枯荷小鸭冻野航。

津人刺船②起应客，遥知故人一水隔。
下马索酒呼三迟，骑奴笑言客竟痴。
向来情义比瓜葛，万事略不置町畦。
追数存亡异忧乐，烛如白虹贯酒卮。
开轩临水弄长笛，吹落残月风凄凄。
城头漏下四十刻，破魔惊睡听新诗。
君诗清壮悲节物，政与秋虫同一律。
尔来更觉苦语工，思妇霜砧捣寒月。
朱颜绿发深误人，不似草木长青春。
洁身好贤君自有，今日相看进于旧。
以兹敢倾一杯酒，为太夫人千万寿。

〔一〕名询。　　○首二句，山谷自言近状也。平日出门极少，今张君遣骑来迎，故往张氏尽醉极欢。

① 去天尺五：距离近。宋程大昌《雍录》卷七："语谓：'城南韦杜，去天尺五。'以其迫近帝都也。"② 刺船：撑船。

送薛乐道知郧乡〔一〕

黄山叶县连墙居，谢公席上对樗蒲①。
双鬟女弟如桃李，蚤许归我舍中雏。
平生同忧共安乐，岁晚相望青云衢②。
去年樽酒辇毂下，各喜身为反哺乌。
城头归乌尾毕逋，春寒啄雪送行车。
解珮我无明月珠，折柳不对千里驹。
念君胸中极了了，作吏办事犹诗书。

浊酒挽人作年少，关防心地亦时须。
郧乡县古民少讼，但问自己不关渠。
登临一笑双白发，宜城冻笋供行厨。
人生此乐他事无，行李道出汉南都。
寄声诸谢今何如，谢公书堂迷竹坞。
手种竹今青青否，我思谢公泪成雨，属公去洒穰下土。

〔一〕元祐二年丁卯，四十三岁。　○首八句，叙昔年交好，重以婚姻，近年同居京师也。"城头"四句，叙送薛出都。史注云：无玉佩以赠送，而徒折柳，与千里驹不相称也。国藩疑不字有误，或作"惭对千里驹"耳。"念君"以下九句，论其到官后饮酒奉亲也。"行李"至末六句，嘱其过南阳问讯谢家也。南阳，汉之南都，宋之邓州。山谷继室，南阳谢师厚之女。诸谢，谓公静、公定辈也。

① 樗蒲：古代的一种棋类游戏。② 青云衢：指朝廷。

对酒歌答谢公静〔一〕

我为北海饮，君作东武吟。
看君平生用意处，潇洒定自知人心。
南阳城边雪三日，愁阴不能分皂白。
摧轮踠蹄泥数尺，城门昼闭眠贾客。
移人僵尸在旦夕，谁能忍饥待食麦。
身忧天下自有人，寒士何者愁填臆。
民生政自不愿材，可乘以车可鞭策。
君不见，海南水沉紫游檀，碎身百炼金博山。
岂如不蒙斧斤赏，老大绝崖霜雪间。

投身有用祸所集，何况四达之衢井先汲。
昨日青童天上回，手捧玉帝除书来。
一番通籍清都阙，百身书名赤城台。
飞身度世无虚日，怪我裋褐趋尘埃。
顾谓彼童子，此何预人事。
但对金樽即眼开，一杯引人著胜地。
传闻官酒亦自清，径须沽取续吾瓶。
南山朝来似有意，今夜倘放春月明。

〔一〕谢师厚二子，愔字公静，惊字公定。　○元丰元年戊午，三十四岁。　○"南阳城边"十句，言雨雪严寒，小民贫饿可忧，而又以不居其位，忧亦无益，故作宽解之词也。"青童"之辞，盖言劝以枉尺直寻致身通显者，而答以但当饮酒，诡辞谢之也。

戏赠彦深〔一〕

李髯家徒立四壁①，未尝一饭能留客。
春寒茅屋交相风，倚墙扪虱读书策。
老妻甘贫能养姑，宁剪髽鬏不典书。
大儿得飧不索鱼，小儿得裈不索襦。
庾郎鲑菜二十七②，太常斋日三百余。
上丁分胙③一饱饭，藏神梦诉羊蹴蔬。
世传寒士有食籍，一生当饭百瓮葅④。
冥冥主张审如此，附郭小圃宜勤锄。
葱秧青青葵甲绿，早韭晚菘羹糁熟。
充虚解战赖汤饼，芼以蒲荇与甘菊。
几日怜槐已著花，一心咒笋莫成竹。

群儿笑髯穷百巧，我谓胜人饭重肉，
群儿笑髯不若人，我独爱髯无事贫。
君不见，猛虎即人厌麋鹿，人还寝皮食其肉。
濡需⑤终与豕俱焦，饫肥择甘果非福。
虫蚁无知不足惊，横目之民⑥万物灵。
请食熊蹯楚千乘，立死山壁汉公卿。
李髯作人有佳处，李髯作诗有佳句。
虽无厚禄故人书，门外犹多长者车。
我读扬雄逐贫赋，斯人用意未全疏。

〔一〕原注云：李原，字彦深，厚之弟，家居南阳。

① 立四壁：形容贫穷。② "庾郎"句：《南齐书·庾杲之传》："庾杲之，字景行，新野人也……清贫自业，食唯有韭菹……任昉尝戏之曰：'谁谓庾郎贫？食鲑尝有二十七种。'"③ 分膰（fán）：分发祭品。④ 菹（zū）：腌制的咸菜。⑤ 濡需：《庄子·徐无鬼》："濡需者，豕虱是也。"⑥ 横目之民：即人类。

和谢公定征南谣〔一〕

传闻交州初陆梁，东连五溪西氐羌。
军行不断蛮标盾〔二〕，谋主皆收汉畔亡。
合浦〔三〕谯门腥血沸，晋兴〔四〕城下白骨荒。
谋臣异时坐致寇，守臣今日愧苞桑。
已遣戈船下漓水，更分楼船浮豫章。
颇闻师出三鸦路，尽是中屯六丘良。
汉南食麦如食玉，湖南驱人如驱羊。
营平请谷三百万。祁连引兵九千里。

少府私钱不可知，大农计岁今余几。
土兵蕃马貔虎同，蝮蛇毒草篁竹中。
未论刍粟捐金费，直愁瘴疠连营空。
我思荆州李太守，欲募蛮夷令自攻。
至今民歌尹杀我，州郡择人诚见功。
张乔祝良不难得，谁借前箸开天聪〔五〕。
诏书哀痛言语切，为民一洗横尸血。
摧锋陷坚赏万户，堑山堙谷穷三穴。
南平旧时颇臣顺，欲献封疆请旄节。
庙谋犹计病中原，岂知一朝更屠灭。
天道从来不争胜，功臣好为可喜说。
交州鸡肋安足贪，汉开九郡劳臣监。
吕嘉不肯佩银印，征侧持戈敌百男。
君不见，往年濒海未郡县，赵佗闭关罢朝献。
老翁窃帝聊自娱，白头抱孙思事汉。
孝文亲遣劳苦书，稽首请去黄屋车。
得一亡十终不忍，太宗之仁千古无。

〔一〕熙宁八年，交趾入寇，陷钦、廉、邕三州。神宗以赵卨为招讨使，郭逵为宣抚使，讨平之，而费钱帛甚多，二广之民大困。
〔二〕标枪、大盾，南蛮所执之军器也。　〔三〕合浦：廉州也。
〔四〕晋兴：邕州也。　〔五〕后汉永和二年，日南徼外蛮反。李固荐张乔、祝良为刺史、太守，募蛮夷自相攻，岭外悉平。

和答梅子明王扬休点密云龙〔一〕

小壁云龙不入香，元丰龙焙承诏作。
二月尝新官字盏，游丝不到延春阁。

去年曾口减光辉，人间十九人未知。
外家春官小宗伯，分送蓬山裁半璧。
建安瓮碗鹧鸪班，谷帘水与月共色。
五除试汤饮墨客，泛瓯银粟无水脉。
辟宫邂逅王广文，初观团团破龙纹。
诸公自别淄渑了，兔月葵花不足论。
石碚春芽风雪落，煮浇肺渴初不恶。
河伯来观东海若①，鹿逢朱云真折角②。
子真云孙唾成珠，庙堂只今用诸儒。
炼成五石补天手，上书致身可亨衢③。
顾我赐茶无骨相，他年幸公肯相饷。

〔一〕武英殿聚珍本无此诗。

①"河伯"句：河伯望洋向若而叹，自感渺小。见《庄子·秋水》。②"鹿逢"句：指朱云与五鹿充宗论易，使其折服。见《汉书·朱云传》。朱云，字游，西汉元、成帝时人。五鹿，指西汉五鹿充宗。③亨衢：通达的大道，比喻美好的前程。

送刘道纯〔一〕

五松山下古铜官，邑居褊小水府宽。
民安蒲鱼少嚻讼①，簿领未减一丘槃〔二〕。
胸中峥嵘书万卷，簸弄日月江湖间。
稠人广众自神王，按剑之眼白相看〔三〕。
老身风浪谙世味，如食橘柚知甘酸。
麒麟图画②偶然耳，半枕百年梦邯郸。
平生樽俎宫亭上，涉世忘味皆朱颜〔四〕。

此时阿翁[五]尚无恙，追啄秀句酬江山。
堂堂今为蜕蝉去，五老偃蹇无往还。
大梁城中笏挂颊，颔髭今成雪点斑。
青云何必出公右，亨衢在天无由攀。
椎鼓转船如病已，梦想楼台落星湾。
子政诸儿喜文史，阿秤亦闻有笔端[六]。
丹徒布衣未可量，诗书且对藜藿盘。
穴中生涯识阴雨，木末牖户知风寒。
我今四壁恋微禄，知公未能长挂冠。

〔一〕刘格，字道纯，刘恕道原之弟，为司马温公、苏东坡所知。　〔二〕道纯时当为铜陵主簿，故云。　〔三〕谓道纯对众人自神王，而众人则以白眼向之。　〔四〕皆朱颜，谓长醉不省事也。　〔五〕阿翁谓刘凝之。　〔六〕子政，谓道原也。诸儿，曰羲仲、曰和叔、曰秤。

① 嚻讼：聚论，争讼。② 麒麟图画：西汉甘露三年（前51），汉宣帝因匈奴归降，回忆往昔辅佐有功之臣，乃令人画十一名功臣图像于麒麟阁以示纪念和表扬。

次韵子瞻春菜[一]

北方春蔬嚼冰雪，妍暖思采南山蕨。
韭苗水饼姑置之，苦菜黄鸡羹糁滑。
莼丝色紫菰[二]首白。蒌蒿牙甜辉[三]头辣。
生葅入汤翻手成，芼以姜橙夸缕抹。
惊雷菌子出万钉，白鹅截掌鳖解甲。
琅玕林深未飘箨，软炊香秔煨短苴[四]。

万钱自是宰相事,一饭且从吾党说。

公如端为苦笋归,明日青衫诚可脱。

〔一〕熙宁十年丁巳,三十三岁。时东坡在徐州,山谷在大名,始与坡通书问。 〔二〕蒜与蒜同,雕胡也。 〔三〕藋,音罕,菜辛辣如火藋人,故名。 〔四〕万钉,喻菌子之形。鹅掌、鳖甲,喻菌子之色与味。短茁,笋之初出者。

六舅以诗来觅铜犀,用长句持送,舅氏学古之余复味禅悦,故篇末及之

海牛压纸写银钩①,阿雅守之索自收〔一〕。

长防玩物败儿性,得归老成散百忧。

先生古心冶金铁,堂堂一角谁能折。

儿言觳觫②持赠谁,外家子云乃翁师。

不著鼻绳袖两手,古犀牛儿好看取。

〔一〕阿雅,盖山谷之子也。原注云:师奴僧号。守之,守此故物也。索自收者,将据为己有也。

① 银钩:形容书法。② 觳觫(hú sù):本指恐惧颤抖的样子,此指代牛。

次韵子瞻与舒尧文祷雪雾猪泉倡和

老农年饥望人腹〔一〕,想见四溟森雨足。

林回投璧负婴儿,岂闻烹儿翁不哭。

未论万户无炊烟，蛛丝蜗涎经杼轴。
使君闵雪〔二〕无肉味，煮饼青蒿下盐豉。
岂云〔三〕剪爪宜侵肌，霜不杀草仍故绿。
幽灵赑屃①西山雾，牲肥酒香神未渎。
得微〔四〕往从董父餐，宁当罪系葛陂渊〔五〕。
卜泽祠官齐博士〔六〕，暴露致告苍崖颠。
请天行泽不汲汲，尔亦枯鱼过河泣〔七〕。
生鹅斩颈血未干，风马云车坐相及。
百里旌旗洒玉花，使君义动龙蛇蛰。
老农欢喜有春事，呼儿饭牛理蓑笠。
博士勿叹从公〔八〕疲，明年麦饭滑流匙②。

○元丰元年戊午，三十四岁。　〔一〕按《说文》：朢字，从臣月，满也。从亡，望其还也。《庄子》：无聚禄以朢人之腹。谓无禄以满人之腹。当取盈满之义，不取盼望之义，当从臣，不从亡。此云"年饥望人腹"，盖误用《庄子》耳。　〔二〕闵雪，用《穀梁》闵雨字。　〔三〕岂云，犹曰岂止。　〔四〕得微，犹云得无也。　〔五〕《后汉》：费长房曰："东海君有罪，吾前系于葛陂，今出之使作雨。"于是雨立注。　〔六〕齐博士，指舒尧文，时为教授。　〔七〕二句，尧文告龙之词。尔，指龙也。　〔八〕从公，指东坡也。

① 赑屃（bì xì）：强大有力的样子。② 流匙：古代舀食物的器具。

答王道济寺丞观许道宁山水图

往逢醉许在长安，蛮溪大砚磨松烟。
忽呼绢素翻砚水，久不下笔或经年。

异时踏门阒白首，巾冠欹斜更索酒。
举杯意气欲翻盆，倒卧虚樽将八九。
醉拈枯笔墨淋浪，势若山崩不停手。
数尺江山万里遥，满堂风物冷萧萧。
山僧归寺童子后，渔伯欲渡行人招。
先君笑指溪上宅，鸬鹚白鹭如相识。
许生更拜谢不能，元是天机非笔力。
自言年少眼明时，手挥八幅锦江丝。
赠行卷送张京兆〔一〕，心知李成是我师。
张公身逐铭旌①去，流落不知今主谁。
大梁画肆阅水墨，我君槃礴忘揖客〔二〕。
蛛丝煤尾意昏昏，几年风动人家壁。
雨雪渗渗满寺庭，四图冷落让丹青。
笑酬肆翁十万钱，卷付骑奴市尽倾。
王丞来观皆失席，指点如见初画日。
四时风物入句图，信知君家有摩诘。
我持此图二十年，眼见绿发皆华颠②。
许生缩手入黄泉，众史弄笔摩青天。
君家枯松出老翟，风烟枯枝倚崩石。
蠹穿风物君爱惜，不诬方将有人识〔三〕。

〔一〕史注云：张京兆，疑是张乖崖。　〔二〕先君、我君，似皆指山谷之父。　〔三〕首四句，叙昔在京师见许作画。"异时"至"非笔力"十四句，叙许曾在黄家作画。自"自言"以下至"市尽倾"，叙许自言在蜀画八幅山水，而黄家在汴梁以十万钱购得也。"让丹青"之下，一本云："往来睥睨谁比数，十万酬之观者惊。客还次第阅春夏，坐见岁序空峥嵘。王丞来观叹啧啧，指点如见初画日。"

① 铭旌：竖在灵柩前标志死者官职和姓名的旗幡。② 绿发皆华颠：青丝少年都成了白头老翁。

听崇德君鼓琴

月明江静寂寥中，大家敛袂抚孤桐。
古人已矣古乐在，仿佛雅颂之遗风。
妙手不易得，善听良独难。
犹如优昙华，时一出世间。
两忘琴意与己意，乃似不著十指弹。
禅心默默三渊静，幽谷清风淡相应。
丝声①谁道不如竹，我已忘言得真性。
罢琴窗外月沉江，万籁俱空七弦定。

　　○辛亥，二十七岁。　　○朝议大夫王之才妻，南昌县君李氏，尚书公择之妹，能临松竹木石等画。山谷有《姨母李夫人墨竹》诗，又有《观崇德君墨竹歌》。

① 丝声：弦乐之声。

次韵答杨子闻见赠

金盘厌饫五侯鲭①，玉壶浇泼郎官清。
长安市上醉不起，左右明妆夺目精。
结交贤豪多杜陵，桃李成蹊卧落英〔一〕。
黄绶今为白下〔二〕令，苍颜只使故人惊。
督邮小吏皆趋版，阳春白雪分吞声〔三〕。
杨君青云贵公子，叹嗟簿领困书生。
赠我新诗甚高妙，泪斑枯笛月边横。
文章不直一杯水②，老矣忍与时人争。

江城歌舞聊得醉，但愿数有美酒倾。

莫要朱金缠缚我，陆沈世上贵无名。

〔一〕六句叙昔在京师宴游之盛。　〔二〕原注云：太和县，古白下。　〔三〕分吞声，犹云甘吞声，以其独唱无和，故甘吞声，不复道及也。

① 五侯鲭：汉代名菜，娄护所创。《西京杂记》："娄护，字君卿。时五侯不相能，宾客不得往来。娄护丰辞，传会五侯间，各得其心，竞致奇膳。护乃合以为鲭，世称五侯鲭，以为奇味。"
② "文章"句：化用唐李白《答王十二寒夜独酌有怀》"吟诗作赋北窗里，万言不直一杯水"之句。

答永新宗令寄石耳

饥欲食首山薇，渴欲饮颍川水。

嘉禾令尹清如冰，寄我南山石上耳。

筠笼①动浮烟雨姿，瀹汤磨沙光陆离。

竹萌②粉饵相发挥，芥姜作辛和味宜。

公庭退食饱下箸，杞菊避席遗萍齑③。

雁门天花不复忆，况乃桑鹅④与楮鸡⑤。

小人藜羹亦易足，嘉蔬遣饷荷眷私〔一〕。

吾闻石耳之生，常在苍崖之绝壁，苔衣石腴风日炙。

扪萝挽葛⑥采万仞，厌足委骨豺虎宅。

佩刀买犊剑买牛，作民父母今得职。

闵仲叔不以口腹累安邑，我其敢用鲑菜烦嘉禾。

愿公不复甘此鼎，免使射利登嵯峨。

〔一〕以上赞石耳之佳，以下言不以石耳难得之物累民。

① 筠笼：罩在火炉上的竹笼。② 竹萌：即竹笋。③ 萍齑：即韭荠脐，一种类似韭菜的蔬菜。④ 桑鹅：即桑耳，一种生在桑树上的菌。⑤ 楮鸡：一种生在楮树上的菌。⑥ 扪萝挽葛：即攀援葛藤。

寄张宜父〔一〕

建德之国有佳人，明珠为佩玉为衣。
去国三岁阻音徽①，所种桃李民爱之。
射阳城边春烂漫，柳暗学宫鸟相唤。
追随裘马多少年，独忍长饥把书卷。
读书万卷不直钱，逐贫不去与忘年。
虎豹文章被禽缚，何如达生自娱乐。

〔一〕史注云：张宜父当是建德人，而仕于山阳，时已解去。

① 音徽：书信。

高至言筑亭于家圃，以奉亲，总其观览之富，命曰溪亭，乞余赋诗。余先君之敝庐，望高子所筑，不过十牛鸣尔，故余未尝登临而得其胜处

逸人生长在林泉，更筑亭皋名意在。
明月清风共一家，全以山川为眼界。
鸟度云行阅古今，溪滨木末听竽籁①，
老夫平生行乐处，只今〔一〕许公分一派。

〔一〕今：一作令。

① 竽籁：从空穴中发出的吹竽般的声音。

雕陂

雕陂之水清且沘，屈为印文三百里。
呼船载过七十余，褰裳①乱流初不记〔一〕。
竹舆呕哑山径凉，仆姑呼妇声相倚。
篁中犹道泥滑滑，仆夫惨惨耕夫喜。
穷山为吏如漫郎，安能为人作嚆矢②。
老僧迎谒喜我来，吾以王事笃行李。
知民虚实应县官〔二〕，我宁信目不信耳。
僧言生长八十余，县令未曾身到此。

〔一〕原注云：乘舟上十余渡，徒涉者不可胜记。　〔二〕应县官者，供应公家之赋役也。

① 褰裳：即搴裳，提起衣裳。② 嚆（hāo）矢：即响箭。

上权郡孙承议

公家簿领如鸡栖，私家田园无置锥①。
真成忍骂加飧饭，不如江西之水可乐饥。
他人勤拙犹相补，身无功状堪上府。

公诚遣骑束缚归，长随白鸥卧烟雨。

① 置锥，即置锥之地，形容极小的一块地方。此指穷到连一个极小的安身之处都没有。

奉答茂衡〔一〕惠纸长句

阳山老藤截玉肪，乌田翠竹避寒光。
罗侯包赠室生白，明于机上之流黄。
愧无征南虿尾①手，为写黄门急就章〔二〕②。
罗侯相见无杂语，苦问沩山有无句。
春草肥牛脱鼻绳，菰蒲野鸭还飞去。
故将藤面乞伽佗〔三〕，愿草惊蛇起风雨。
长诗脱纸落秋河，要知溪工下手处。
却将冰幅展似君。震旦花开第一祖。

〔一〕罗茂衡，太和人。　〔二〕征南，谓索靖为征南司马。黄门，谓史游也。　〔三〕梵语伽佗，此言讽诵。

① 虿（chài）尾：形容行书笔势劲挺。②"为写"句：《汉书·艺文志》："元帝时黄门令史游作《急就篇》。"

长句谢陈适用〔一〕惠送吴南雄所赠纸

庐陵政事无全牛①，恐是汉时陈太丘②。
书记姓名不肯学，得纸无异夏得裘。

琢诗包纸送赠我，自状明月非暗投。
诗句纵横剪宫锦，惜无阿买书银钩。
蛮溪切藤卷盈百，侧厘羞滑茧羞白。
想当鸣杵碪面平，桄榔〔二〕叶风溪水碧。
千里鹅毛意不轻，瘴衣腥腻北归客。
君侯谦虚不自供，胡不赠世文章伯。
一泞之水容牛蹄，识字有数我自知。
小时双钩学楷法，至今儿子憎家鸡。
虽然嘉惠敢虚辱，煮泥续尾成大轴。
写心与君心莫传，平生落魄不问天。
樽前花底幸好戏，为君绝笔谢风烟。
已无商颂猗那③手，请续南华④内外篇。

〔一〕陈适用，为庐陵县令，与山谷同时作邑。 〔二〕桄榔木，广南所出。南雄州亦隶广南。

① 无全牛：比喻治术精到。见《庄子·养生主》。② 陈太丘：即陈寔（104—187），字仲弓，颍川许县（今河南许昌）人，东汉名臣。《后汉书·陈寔传》："复再迁除太丘长。修德清静，百姓以安。" ③ 猗那：《诗经·商颂·那》中有"猗与那与，置我鞉鼓。奏鼓简简，衎我烈祖"之句。④ 南华：即《庄子》。

和答师厚黄连桥坏大木亦为秋雹所碎之作

溪桥乔木下，往岁记经过。
居人指神社，不敢寻斧柯①。
青阴百尺蔽白日，乌鹊取意占作窠②。
黄泉浸根雨长叶，造物著意固已多。

风摧电[一]打扫地尽,竟莫知为何谴诃③。

独山冷落城东路,不见指名终不磨。

○戊午,三十四岁。　〔一〕电:一作霆。

①斧柯:斧子柄。②"乌鹊"句:化用《诗·召南·鹊巢》"维鹊有巢,维鸠居之"之句。③谴诃:谴责呵叱。

上大蒙笼[一]

黄雾冥冥小石门,苔衣草路无人迹。

苦竹参天大石门,虎迒①兔蹊聊倚息。

阴风搜林山鬼啸,千丈寒藤绕崩石。

清风源里有人家,牛羊在山亦桑麻。

向来陆梁嫚②官府,试呼使前问其故。

衣冠汉仪民父子,吏曹扰之至如此。

穷乡有米无食盐,今日有田无米食[二]。

但愿官清不爱钱,长养儿孙听驱使。

〔一〕乙卯晨起作。　○元丰五年壬戌,年三十八岁。　〔二〕史注云:无米食当作无食米。

①迒(háng):道路。②嫚:轻视,侮辱。

追忆予泊舟西江事次韵[一]

老大无机如汉阴,白鸟不去相知深。

往事刻舟求坠剑,怀人挥泪著亡簪。

城南鼓罢吹画筒,城北归帆落晚风。
人烟犬吠西山麓,鬼火狐鸣春竹丛。

〔一〕按,山谷以元丰元六年十二月,移监德平镇。此诗题曰"追忆",当在已离太和之后。

附:李才甫西江泊舟后作
江水冥冥沙石阴,一舸行尽春已深。
浪花绿蔓曳锦带,短芦刺水抽玉簪。
饥鱼未成波面筒,小舫正横溪上风。
清辉濯净远山碧,白鸟飞入苍烟丛。

次韵郭明叔长歌

君不见悬车①刘屯田〔一〕,骑牛涧壑弄潺湲②。
八十唇红眼点漆③,金钟举酒不留残。
君不见征西徐尚书〔二〕,为国捐躯矢石间。
龙章凤姿④委秋草,天马长辞十二闲。
何如高阳郦生醉落魄,长揖辍洗惊龙颜。
丈夫当年倾意气,安用蚓食而蝎蛞。
古人已作泉下土,风义可想犹斑斑。
郭侯忠信如古人,荐书飞名上九关。
诗书自可老斫轮⑤,智略足以解连环。
铜章屈宰山水县,友声相求不我顽。
鹏翼垂天公直起,燕巢见社身思还〔三〕。
文思舜禹开言路,即看承诏著豸冠。
尚趋手板事直指,少忍吏道之多艰。

黄花零落一尊酒，别有天地非人寰。

〔一〕屯田，名涣，字凝之。欧阳公为赋《庐山高》者。
〔二〕尚书，徐禧，字德占，分宁人，与山谷同乡，死于永乐之祸，赠吏部尚书，谥忠愍。　〔三〕"鹏翼"句，指郭。"燕巢"句，山谷自谓也。山谷时自太和还家，故云见社。

① 悬车：辞官居家。古人一般至七十岁辞官家居，废车不用，故称。② 潺湲：水缓缓流动的样子。也指代水。③ 眼点漆：眼如点漆。后用来赞美人的眼仁漆黑、炯炯有神。④ 龙章凤姿：形容人仪表堂堂、气度非凡。⑤ 老斫轮：形容经验丰富。

奉送时中〔一〕摄东曹狱掾

公退蒲团坐后亭，短日松风吟万籁。
黄葵紫菊委榛丛，雪梅靓妆欲无对。
遣骑相呼近清樽，言君晓鼓前征旆。
苍崖按辔虎豹号，野水呼船风雨晦。
昨日归来有行色，未曾从容解冠带。
府中夺我同官良，简书趣行将数辈。
王事君今困马鞍，田园我亦思牛背。
安得归舟载月明，鸬鹚白鸥为友生。
一身不是百年物，五湖无边万里行。
欲招蓑笠同云水，念君未可及吾盟。
富于春秋貌突兀，睥睨①满世收功名。
参军虽卑狱司命，多由阴德至公卿。
頳颐②折颉秦相国，不满三尺齐晏婴。
丈夫身在形骸外，俗眼那能致重轻。

〔一〕时中,盖太和同官,将赴庐陵郡城摄事。　○首四书,山谷自述近状。"遗骑"句,山谷遣人邀时中夹署同饮也。"昨日"句,时中甫自外归,又将赴郡也。

① 睥睨:傲视。② 頽(qīn)颐:下巴向上翘起。

次韵和答孔毅甫〔一〕

鹏飞鲲化未即逍遥游,龙章凤姿终作广陵散。
溢浦炉边督数钱,故人陆沈心可见。
气与神兵上斗牛,诗如晴雪濯江汉。
把咏公诗阖且开,旁无知音面墙叹。
我今废书迷簿领,鱼蠹笔锋蛛网砚。
六年国子无寸功,犹得江南万家县〔二〕。
客来欲语谁与同,令人熟寐触屏风。
窃食仰愧冥冥鸿,少年所期如梦中。
江头酒贱樽屡空,南山有田岁不逢。
相思夜半涕无从,千金公亦费屠龙。

〔一〕孔平仲,字毅甫,尝为吉倅,时监江州钱监。　〔二〕六年国子监,谓作北京教授也。万家县,太和也。

更用旧韵寄孔毅甫

鉴中之发蒲柳望秋衰①,眼中之人风雨俱星散。
往者托体同青山,健者飘零不相见。

庾公楼上有诗人,平生落笔写河汉。
置驿勤来索我诗,自说中郎识元叹。
我方冻坐酒官曹,为公然薪炙冰砚。
不解穷愁著一书,岂有文章名九县。
奴星结柳送文穷,退倚北窗睡松风。
太阿②耿耿截归鸿,夜思龙泉号匣中。
斗柄垂天霜雨空,独雁叫群云万重。
何时握手香炉峰,下看寒泉濯卧龙[一]。

〔一〕湓浦、庾公楼、香炉峰,均指毅父时在江州也。

① 蒲柳望秋衰:指身体衰弱。《世说新语·言语》:"顾悦与简文同年,而发蚤白。简文曰:'何以先白?'对曰:'蒲柳之姿,望秋而落;松柏之质,经霜弥茂。'" ② 太阿:古时名剑。

寄题安福李令爱竹堂

渊明喜种菊,子猷喜种竹①。
托物虽自殊,心期俱不俗。
千载得李侯,异世等风流。
为官恐是陶彭泽,爱竹最如王子猷。
寒窗对酒听雨雪,夏簟烹茶卧风月。
小僧知令不凡材,自扫竹根培老节。
富贵于我如浮云②,安可一日无此君。
人言爱竹有何好,此中难为俗人道。
我于此物更不疏,一官窘束何由到。

① 子猷喜种竹：晋人王子猷尤爱竹，故云。②"富贵"句：化用《论语·述而》"子曰：'饭疏食，饮水，曲肱而枕之，乐亦在其中矣，不义而富且贵，于我如浮云'"之句。

八月十四日夜刀坑口对月，奉寄王子难、子闻适用〔一〕

去年对月庐陵郡，醉留歌舞踏金沙。
今年今夕千峰下，新磨古鉴动菱花。
寒藤老木被光景，深山大泽皆龙蛇。
西风为我奏万籁，落叶起舞惊栖鸦。
遥怜城中二三友，风流惯醉玉钗斜。
今夕传杯定何处，应无二十四琵琶。

〔一〕原注云：闻郡中数月未尝有燕游。

赠王环中

丹霞不踏长安道，生涯萧条破席帽。
囊中收得劫初铃，夜静月明师子吼。
那伽〔一〕定后一炉香，牛没马回观六道①。
耆域归来日未西，一锄识尽婆娑草。

〔一〕梵言那伽，此言龙也。

① 六道：佛教语，即天神道、人间道、修罗道、地狱道、饿鬼道、畜牲道。

戏和于寺丞乞王醇老米

君不见,公车待诏①老诙谐②,几年索米长安街③。
君不见,杜陵白头在同谷,夜提长镵掘黄独④。
文人古来例寒饿,安得野蚕成茧天雨粟。
王家圭田登几斛,于家买桂炊白玉。

①公车待诏:指在公车或官署,准备听从皇帝的召唤。②老诙谐:指东方朔。③"几年"句:《汉书·东方朔传》:"朱儒饱欲死,臣朔饥欲死。臣言可用,幸异其礼;不可用,罢之,无令但索长安米。"④"夜提"句:形容杜甫生活的窘迫。

谢文灏元丰上文稿

虎豹文章非一斑,乳雉五色厌胎寒。
天生材器各有用,相如名独重太山。
风流小谢宣城后,少年如春胆如斗。
裕陵①书稿公不朽,持心铁石要长久。

①裕陵:即永裕陵,北宋第六代皇帝赵顼的陵墓,在今郑州巩义。

寄朱乐仲

故人昔在国北门〔一〕,邻舍杖藜对樽酒。
十五余年乃一逢,黄尘急流语马首。

懒书愧见南飞鸿，君居三十六峰东。
我心想见故人面，晓雨垂虹到望崧。

〔一〕国北门，谓北京大名也。

次韵子瞻书《黄庭经》尾付蹇道士〔一〕

琅函绛简蕊珠编，寸田尺宅可蕲仙。
高真接手玉宸①前，女丁②来谒粲六妍。
金钥闭欲形完坚，万物荡尽正秋天。
使形如是何尘缘，苏李笔墨妙自然。
万灵拱手书已传，传非其人恐飞，当付骊龙藏九渊。
蹇侯奉告请周旋，纬萧③探手我不眠〔二〕。

〔一〕成都道士蹇拱宸翊之、葆光法师，将归庐山，东坡为书《黄庭经》一卷，李伯时为画经相赠之。时山谷亦正在史局。
〔二〕此句疑有误。

① 玉宸：天宫，天帝的宫殿。② 女丁：成年女子。③ 纬萧：《庄子·列御寇》："河上有家贫恃纬萧而食者，其子没于渊，得千金之珠。"后多指代安贫乐道。

送曹子方福建路运判兼简运使张仲谋〔一〕

曹侯①黄须便弓马，从军赋诗横槊间。
阿瞒②文武如兕虎，远孙风气犹斑斑。
昨解弓刀丞太仆，坐看收驹十二闲。

远方不异辇毂下,诏遣中使哀恫瘝③。
吾闻斯民病盐策,天有雨露东南干。
谢君论河秉禹贡④,诘难蜂起安如山。
老郎不作患失计,凛然宜著侍臣冠。
愿公不落谢君后,江湖以南尚少宽。
百城阅人如阅马,覂驾⑤亦要知才难。
盐车之下有绝足⑥,败群勿纵为民残。
官焙荐璧天解颜,瀹汤试春聊加餐。
子鱼通印蚝破山〔二〕,不但蕉黄荔子丹。
道逢使者〔三〕汉郎官,清溪弭节问平安。
天子命我参卿事,奋髯相对亦可欢。
回波一醉嘲栲栳,山驿官梅破小寒。

〔一〕元祐三年九月,太仆寺丞曹辅权发遣福建路转运判官。
〔二〕莆阳子鱼名天下,今人必求其大可容印者,谓之通印子鱼。
〔三〕使者,谓张仲谋。

① 曹侯:指曹操子任城威王曹彰。② 阿瞒:《三国志·魏书·武帝纪》注引《曹瞒传》:"太祖一名吉利,小字阿瞒。"③ 恫瘝(tōng guān):病痛,疾苦。④ 禹贡:即《尚书·禹贡》,据传为禹所作。⑤ 覂(fěng)驾:难以驾驭,容易失败。⑥ "盐车"句:指遭受压制的人才。《战国策·楚策》:"君亦闻骥乎?夫骥之齿至矣,服盐车而上太行。"

戏赠曹子方家凤儿

拣芽〔一〕入汤师子吼,荔子新剥女儿颊。
凤郎但喜风土乐,不解生愁山叠叠。

目如点漆射清扬,归时定自能文章。
莫随闽岭三年语,转却中原万籁簧〔二〕。

〔一〕拣芽:蜡茶名也。 〔二〕凤儿,当是子方侍婢。末句恐其以闽语而变娇音也。

题韦偃①马

韦侯常喜作群马,杜陵诗中如见画。
忽开短卷六马图,想见诗老醉骑驴。
龙眠作马晚更妙,至今似觉韦偃少。
一洗万古凡马空,句法如此今谁工。

① 韦偃(yǎn):唐代著名画师,擅长画马、画古松,是杜甫的好友。

和曹子方杂言〔一〕

正月尾,垂云如覆盂,雁作斜行书。
三十六陂浸烟水,想对西江彭蠡湖。
人言春色浓如酒,不见插秧吴女手。
冷卿小坞颇藏春〔二〕,张侯官居柳对门〔三〕。
当风横笛留三弄,烧烛围棋覆九军。
尽是向来行乐事,每见琵琶忆朝云。
只今不举峨眉酒,红牙①捍拨网蛛尘。
曹侯束书丞太仆,试说相马犹可人。

照夜白,真乘黄,万马同秾随低昂,一矢射落皂雕双。
张侯犹思在戎行,横山虎北开汉疆。
冷卿智多发苍浪,平刀发硎②思一邦。
政成十缀舞红妆,两侯不如曹子方。
朵颐③论诗谓毛张,龟藏六用中有光〔四〕。
何时端能俱过我,扫除北寺读书堂。
菊苗煮饼深注汤,更碾盘龙不入香。

〔一〕史注云:曹辅,字子方,为太仆寺丞。《前集》有《次韵答曹子方杂言》,此篇亦次韵也,而不言次韵,疑是先作此篇,后复窜易,故两存耳。 〔二〕史注云:《外集》有《冷庭叟诗》,其序云:庭叟有佳侍儿,因早朝而逸去,疑庭叟即冷卿也。 〔三〕史注云:张侯,谓闽漕张仲谋。《内集·答曹杂言诗》任注,亦指张侯为仲谋。 〔四〕龟藏,谓首尾及四足凡六,皆藏也。六用,又借用《楞严经》字。

① 红牙:古时用檀木制成的拍板,用以调节乐曲的节拍。② 发硎:刀刃新磨,十分锋利。③ 朵颐:鼓动腮颊嚼东西的样子。

送张材翁赴秦签

金沙酴醾春纵横,提壶栗留催酒行。
公家诸父酌我醉,横笛送晚延月明。
此时诸儿皆秀发,酒间乞书藤纸滑。
北门相见后十年,醉语十不省七八。
吏事衮衮①谈赵张,乃是樽前绿发②郎。
风悲松丘忽三岁,更觉绿竹能风霜。
去作将军幕下士,犹闻防秋屯虎兕③。

黄山谷七古

只今陛下思保民,所要边头不生事。
短长不登四万日,愚智相去三十里。
百分举酒更若为,千户封侯儌来尔。

① 衮衮:源源不断而繁杂。② 绿发:乌黑色的头发,借指年轻人。③ 虎兕:老虎和犀牛,此借指士兵。

送吕知常赴太和丞〔一〕

我去太和欲期矣,吕君初得太和官。
邑中亦有文字乐,惜不同君涧谷槃。
观山千尺夜泉落,快阁六月江风寒。
往寻佳境不知处,扫壁①觅我题诗看。

〔一〕元丰七年甲子。

① 扫壁:清扫题有诗词的墙壁。

老杜浣花溪图引

拾遗流落锦官城,故人作尹眼为青①。
碧鸡坊西结茅屋,百花潭水濯冠缨。
故衣未补新衣绽,空蟠胸中书万卷。
探道欲度羲皇前,论诗未觉国风远。
干戈峥嵘暗寓县,杜陵韦曲②无鸡犬。
老妻稚子且眼前,弟妹飘零不相见。

此公乐易真可人，园翁溪友肯卜邻。
邻家有酒邀皆去，得意鱼鸟来相亲。
浣花江楼散车骑，野墙无主看桃李。
宗文守家宗武扶③，落日塞驴驮醉起。
愿闻解鞍脱兜鍪④，老儒不用千户侯。
中原未得平安报，醉里眉攒万国愁。
生绡铺墙粉墨落，平生忠义今寂寞。
儿呼不苏驴失脚，犹恐醒来有新作。
常使诗人拜画图，煎胶续弦⑤千古无。

①"故人"句：指严武厚待杜甫事。②韦曲：西汉至唐代韦氏贵族聚居处，唐代韦氏家族举行祓禊盛会，于曲水流觞，故名韦曲。③"宗文"句：宗文、宗武，杜甫的长子、次子名。④兜鍪：古代士兵所戴的头盔。⑤煎胶续弦：《海内十洲记》载，煮凤喙及麟角，合煎作膏，名之为"续弦胶"，或名"连金泥"。能续弓弩已断之弦，刀剑折断之金。此物罕见名贵。比喻人才艺超群。

奉谢刘景文送团茶

刘侯惠我大玄璧①，上有雌雄双凤迹。
鹅溪水练落春雪〔一〕，粟面〔二〕一杯增目力。
刘侯惠我小玄璧，自裁半璧煮琼糜②。
收藏残月惜未碾，直待阿衡来说诗③。
绛囊团团馀几璧，因来送我公莫惜。
个中渴羌饱汤饼，鸡苏胡麻煮同吃。

〔一〕鹅溪，蜀绢也，以绝细之绢为罗，使茶如雪落也。
〔二〕粟面，盖茗花也。

① 玄璧：本指黑色的璧玉，此指代团茶。② 琼糜：本指玉屑，这里指团茶。③ "直待"句：指匡衡解说《诗经》精湛。《汉书·匡衡传》："匡衡字稚圭，东海承人也。父世农夫，至衡好学，家贫，庸作以供资用，尤精力过绝人。诸儒为之语曰：'无说《诗》，匡鼎来；匡说《诗》，解人颐。'"

谢景文惠浩然所作廷珪墨

廷珪赝墨出苏家，麝煤漆泽纹乌靴〔一〕。
柳枝瘦龙印香字，十袭一日三摩挲。
刘侯爱我如桃李，挥赠要我书万纸。
不意神禹治水圭，忽然入我怀袖里。
吾不能手抄五车书，亦不能写论付官奴①。
便当闭门学水墨，洒作江南骤雨图〔二〕。

〔一〕苏家，谓苏浩然墨也。用高丽煤杂远烟作之。 〔二〕李成，营丘人，有《骤雨图》。

① 写论付官奴：官奴，即王献之（344—386），字子敬，小字官奴，琅邪（今属山东临沂）人，王羲之第七子，善书法，与父亲王羲之合称"二王"。《宣和书谱》："(王羲之) 尝书《乐毅论》一篇与献之学，后题云'赐官奴'，即献之小字。"

赠陈师道

陈侯学诗如学道，又似秋虫噫寒草。
日晏肠鸣不俯眉，得意古人便忘老。

君不见,向来河伯负两河,观海乃知身一蠡。

旅床争席方归去,秋水粘天不自多。

春风吹园动花鸟,霜月入户寒皎皎。

十度欲言九度休,万人丛中一人晓。

贫无置锥人所怜,穷到无锥不属天。

呻吟成声可管弦,能与不能安足言。

戏答仇梦得承制

仇侯能骑矍铄马,席上亦赋竞病诗。

玄冬未雷苍蛇卧,玉山无年天马饥。

三年荷戈对摇落,十倍乞第亦可缚。

何如万骑出河西,捕取弄兵黄口儿〔一〕。

〔一〕黄口儿,指夏主乾顺方幼也。 ○秦少游作《任师中墓表》云:元丰中,朝廷治西南乞第之罪,至于斩将帅、绌监司,两蜀骚然,四年而后定。

和任夫人悟道

夫亡子幼如月魄①,摧尽蛾眉作诗客。

二十余年刮地寒,见儿成人乃禅寂。

万事新新不留故,瘦藤六尺持门户。

烦恼林中即是禅,更向何门觅重悟。

① 月魄：月初生或圆而始缺时不明亮的部分。

杂言赠罗茂衡

嗟来茂衡，学道如登，欲与天地为友，欲与日月并行。
万物峥嵘，本由心生。
去子之取舍与爱憎①，惟人自缚非天黥②。
堕子筋骨，堂堂法窟，九丘四溟③，同一眼精。
不改五官之用而透声色④，常为万物之宰而无死生⑤。
念子坐幽室，炉香思青冥。
是谓蛰虫欲作，吾惊之以雷霆。

①"去子"句：指罗茂衡除掉获取、舍弃和爱、憎的执念。② 自缚非天黥（qíng）：（人）自己把自己缠缚，非上天惩罚。黥，古代一种刑罚。③ 九丘四溟：九州四海。④ 透声色：指对感官之娱无执著。透，穿过。⑤ 无死生：不执着死与生。

渡河

客行岁晚非远游，河水无情日夜流。
去年排堤注东郡，诏使夺河还此州。
忆昔冬行河梁上，飞雪千里曾冰壮。
人言河源冻彻天，冰底犹闻沸惊浪。

玉京轩〔一〕

苍山其下向玉京，五城十二楼郁仪结邻常昊昊〔二〕。

紫云黄雾锁玄关，雷驱不祥电挥扫。

上有千年来归之白鹤，下有万世不凋之瑶草。

野僧云卧对开轩，一钵安巢若飞鸟。

北风卷沙过夜窗，枕底鲸波撼蓬岛。

个中即是地行仙，但使心闲自难老。

〔一〕原注云：玉京山在香炉峰下，落星寺僧开轩对之。○元丰三年庚申，三十六岁。　〔二〕《黄庭经》注云：郁仪，奔日之仙；结邻，奔月之仙。　○前六句赋山，后六句赋轩。

宫亭湖

左手作圆右手方，世人机敏便可尔。

一风分送南北舟，斟酌鬼神宜有此。

江津留语同济僧，他日求我于宫亭。

吁嗟人盖自有口，独为栾公不举酒。

栾公千岁湖冥冥，白茅缩酒巫送迎。

朱轓皂盖①来托宿，不听灵君专此屋。

雄鸭去随鸥鸟飞，老巫莫歌望翁归。

贝阙珠宫开水府，雨栋风帘岂来处。

平生来往湖上舟，一官四十已包羞〔一〕。

灵君如愿倘可乞，收此桑榆老故丘〔二〕。

〔一〕山谷以乙酉生，至元丰七年甲子，去太和而北行，恰四十岁。　〔二〕史注引神仙栾巴一事，又引《高僧传》安清一事。山谷似专指柰巴事。

① 朱轓皂盖：红色的车障，黑色的车盖。指代高官、贵族。

阻水泊舟竹山下

竹山虫鸟朋友语，讨论阴晴怕风雨。
丁宁①相教防祸机，草动尘惊忽飞去。
提壶归去②意甚真，柳暗花浓亦半春。
北风几日铜官县，欲过五松无主人。
〇元丰三年庚申，三十六岁。

① 丁宁：即叮咛。② 提壶归去：提着酒壶归隐山林。刘伶《酒德颂》："止则操卮执觚，动则挈榼提壶。"

别蒋颖叔〔一〕

金城千里要人豪〔二〕，理君乱丝须孟劳①。
文星合在天东壁，清都紫微醉云璈。
荆溪居士傲轩冕，胸吞云梦如秋毫。
三品衣鱼人仰首〔三〕，不见全牛可下刀。
秦川渭水森长戟，方壶蓬莱冠巨鳌。
万钉宝带雕狨席，献纳论思近赭袍。
连营貔虎②湛如水，开尽西河拥节旄。

何时出入诸公间，淮湖阅船今二毛[四]。

凿渠决策与天合[五]，支祈窘束缩怒涛。

衣食京师看上计，陛下文武收英髦。

春风淮月动清鉴，白拂羽扇随轻舠。

下榻见贤倾礼数，后车载士回风骚。

斫鼻于郢③，观鱼于濠④。

小夫阅人盖多矣，几成季咸三见逃⑤。

〔一〕蒋之奇，字颍叔，新法行，屡为福建通判，淮东运副，江西、河北等运副，又为陕西运副。后为淮南转运使，江淮、荆湖等路发运副使。此诗当在蒋为陕西运副时也。　〔二〕金城千里，谓秦中。　〔三〕蒋于元丰六年奏计赐三品服。　〔四〕此句疑有误。　〔五〕蒋在淮南，始凿泗洲股渠，以避长淮之险。

① 孟劳：古时名刀。② 貔（pí）虎：本指貔和虎，泛指猛兽，因其凶猛，又常指代悍勇的精锐之师。③ 斫鼻于郢：用《庄子·徐无鬼》匠人运斤斫垩事。④ 观鱼于濠：用《庄子·秋水》中庄子与惠子游于濠梁之上关于"鱼之乐"对谈事。⑤ 季咸三见逃：《列子·黄帝》："有神巫自齐来处于郑，命曰季咸，知人死生、存亡、祸福、寿夭，期以岁、月、旬、日，如神。郑人见之，皆避而走。"

书石牛[一]溪旁大石上

郁郁窈窈天官宅，诸峰排霄帝不隔。

六时谒天开关钥，我身金华牧羊客①。

羊眠野草我世闲，高真众灵思我还。

石盆之中有甘露，青牛驾我山谷路。

〔一〕石牛洞，在三祖山山谷寺之西北。其石状如伏牛，因以为名。初，李伯时画鲁直坐石上，因此号山谷道人，题此诗于石上。

① "我身"句：用《太平广记》载黄初平牧羊得道事。用以比喻得道成仙。

何氏悦亭咏柏

涧底长松风雨寒，冈头老柏颜色悦。
天生草木臭味①同，同盛同衰见冰雪。
君莫爱清江百尺船，刀锯来谋岁寒节②。
千林无叶草根黄，苍髯龙吟送日月。

① 臭味：志趣。② 岁寒节：即松、柏在岁寒时展露出的气节。因古代制造船只，需要砍伐松柏以作材料，故云。

薄薄酒二章〔一〕

苏密州①为赵明叔作《薄薄酒》二章，愤世疾邪，其言甚高。以予观赵君之言，近乎知足不辱，有马少游②之余风，故代作二章，以终其意。

薄酒可与忘忧，丑妇可与白头。
徐行不必驷马，称身不必狐裘。
无祸不必受福，甘餐不必食肉。
富贵于我如浮云，小者谴诃大戮辱。

一身畏首复畏尾，门多宾客饱僮仆。
美物必甚恶，厚味生五兵。
匹夫怀璧死，百鬼瞰高明。
丑妇千秋万岁同室，万金良药不如无疾。
薄酒一谈一笑胜茶，万里封侯③不如还家。

① 苏密州：即苏轼。② 马少游：东汉伏波将军马援之弟。③ 万里封侯：《后汉书·班超列传》载班超有志从军，有封侯万里之外的壮志。

薄酒终胜饮茶，丑妇不是无家。
醇醪养生等刀锯，深山大泽生龙蛇。
秦时东陵千户食，何如青门五色瓜①。
传呼鼓吹拥部曲，何如春雨一池蛙。
性刚太傅促和药②，何如羊裘钓烟沙。
绮席象床雕玉枕，重门夜鼓不停挝③。
何如一身无四壁，满船明月卧芦花。
吾闻食人之肉，可随以鞭朴之戮，
乘人之车，可加以铁钺④之诛。
不如薄酒醉眠牛背上，丑妇自能搔背痒。

〔一〕并序。

①"何如"句：《史记·萧相国世家》："召平者，故秦东陵侯。秦破，为布衣，贫，种瓜于长安城东，瓜美，故世俗谓之'东陵瓜'，从召平以为名也。"②"性刚"句：《汉书·萧望之传》："萧望之字长倩，东海兰陵人也……望之仰天叹曰：'吾尝备位将相，年逾六十矣，老入牢狱，苟求生活，不亦鄙乎！'字谓云曰：'游，趣和药来，无久留我死！'竟饮鸩自杀。"③ 挝（zhuā）：敲打。④ 铁钺：泛指兵刃。

岩下放言五首

钓台

林居野处而贯万事,花落鸟啼而成四时。
物有才德,水为官师[①]。
空明湛群木之影,搏击下诸峰之巇[②]。
游鱼静而知机[③],君子乐而忘归。

① 官师:众官之长。② 巇(xī):险峻之处。③ 知机:即有预见,能够在事前洞察事物发生变化的隐微征兆。

冠鳌台

石生涯于寒藤,藤耇[①]造于崖树。
鳌插翼而成鹏,隘六合而未翥[②]。
我来兮自东,攀桂枝兮容与[③]。
倚嵌岩兮顾同来,谓公等其皆去。

① 耇(gǒu):老。② 翥(zhù):高飞,翱翔。③ 容与:徘徊不前的样子。

池亭

水嬉者游鱼,林乐者啼鸟。
志士仁人观其大,薪翁笱妇[①]利其小。
有美一人独燕居万物之表。

① 薪翁笱妇(gǒu fù):砍柴的老翁,渔家的妇女,此指普通人。

博山台

石蕴玙璠①，山得其来之泽。

木无牺象，天开不材之祥。

屹金炉之突兀，其山海之来翔。

然以明哲之火，熏以忠信之香。

俯仰一时②，非智所及。

付与万世，其存者长。

① 玙璠（yú fán）：美玉。② 俯仰一时：在一低头一抬头的时间里，形容时间极其短暂。

灵椿堂

苍苔古木，相依涧壑之滨。

黄葛女萝，自致风云之上。

人就阴而息迹，鸟投暮而来归。

水影林光，常相助发。

溪声斧响，直下称提。

○史注：《文选》陆士衡有《连珠》五十首，山谷效其体，而更其名曰《放言》。国藩按，《冠鳌台》《池亭》之末不用偶句，《灵椿》之首不用韵语，又不与连珠体相合。此体篇无定句，句无定字，盖杂言之类耳。

题章和甫钓亭放言

斩木开亭，却倚石壁。

寒潭百雷，古木千尺。

观鱼乐而相忘,听鸟啼而自得。
去而京洛之间数年,犹常梦崭岩①之石。
○元丰六年癸亥。

① 崭岩:险峻不平的样子。

赠元发弟放言

亏功一篑未成丘山,凿井九阶不次水泽。
行百里者半九十,小狐汔济濡其尾。
故曰时乎时不再来,终终始始是谓君子。

二十八宿歌赠别无咎

虎剥文章犀解角,食未下咽奇祸作。
药材根氏罹劚掘①,蜜虫夺房抱饥渴。
有心无心材慧死〔一〕,人言不如龟曳尾②。
卫平哆口无南箕,斗柄指日江使噫〔二〕。
狐腋牛衣同一燠,高丘无女甘独宿。
虚名挽人受实祸,累棋既危安处我。
室中凝尘散发坐,四壁矗矗见天大。
奎蹄曲隈取脂泽,娄猪艾豭③彼何泽。
倾肠倒胃得相知,贯日食昴终不疑。

古来毕命黄金台④，佩君一言等觜𪃷〔三〕。

月没参横惜相违，秋风金井梧桐落。

故人过半在鬼录⑤，柳枝赠君当马策。

岁晏星回观盛德，张弓射雉武且力〔四〕。

白鸥之翼没江波，抽弦去轸君谓何。

〔一〕有心，谓虎、犀与蜜；无心，谓药材，同一死也。
〔二〕神龟为江使，渔者豫且网得之，宋元王问卫平而知之。见《史记·龟策传》。"无南箕"云者，谓卫平之口更大于南箕也。此二句言神龟以慧而死，与上六句同意。　〔三〕觜𪃷，龟也，谓等蓍龟也。
〔四〕此二句不知所谓。

① 劚（zhú）掘：挖掘。② 龟曳尾：《庄子·秋水》："吾闻楚有神龟，死已三千岁矣，王巾笥而藏之庙堂之上。此龟者，宁其死为留骨而贵乎？宁其生而曳尾于涂中乎？"后人常用"曳尾涂中"表达不受世俗拘束的隐士生活。③ 娄猪艾豭（jiā）：娄猪即母猪，艾豭指公猪。④ 黄金台：亦称招贤台，战国时期燕昭王筑，为燕昭王尊师郭隗之所。⑤ 鬼录：古时将阴间死人的名簿称为"鬼录"。

寿圣观道士黄至明开小隐轩，太守徐公为题曰"快轩"，庭坚集句咏之

金华牧羊儿〔一〕，一粒粟中藏世界〔二〕。

使君从南来〔三〕，清风明月不用一钱买〔四〕。

卢鹚杓，鹦鹉杯〔五〕，

一杯一杯复一杯〔六〕，玉山自倒非人推〔七〕。

庐山秀出南斗傍〔八〕，登高送远形神开。

银河倒挂三石梁〔九〕，砯崖转石万壑雷〔十〕。

吟诗作赋北窗里〔十一〕，安得青天化作一张纸。

长鲸白齿若雪山[十二]，我愿因之寄千里。

〔一〕太白《古风》。 〔二〕吕洞宾。 〔三〕《罗敷行》。〔四〕太白《襄阳歌》。 〔五〕同上。 〔六〕太白《山中对酌》。 〔七〕《襄阳歌》。 〔八〕太白《庐山谣》。 〔九〕《庐山谣》。 〔十〕太白《蜀道难》。 〔十一〕太白《寒夜独酌》。 〔十二〕太白《送窦明府》。

再和公择舅氏杂言

外家有金玉，我躬之道术，有衣食，我家之德心。
使我蝉蜕俗学之市，乌哺仁人之林。
养生事亲氾①师古，炊玉爨桂②能至今。
岁暮三十裘，食口三百指。
寒不缉江南之落毛，饥不拾狙公之橡子。
平生荆鸡化黄鹄，今日江鸥作樊雉③。
人言无忌似牢之，挽入书林觑文字〔一〕。
更蒙著鞭翰墨场，赠研水苍珪玉方。
蓬门系马晚色净，茅檐垂虹秋气凉。
湔拂④垢面生寒光，汉隶书吕规其阳。
吕翁之冶与天通，不但澄泥烧铅黄。
初疑蛮溪水中骨，不见鸜鹆目突兀。
但见受墨无声松花发，颇似龙尾琢紫烟。
不见罗縠⑤纹粼粼，但见含墨不泄如寒渊。
往在海濒时，晨夕亲几杖。
恪居有官次，遣吏问无恙。
抚摩宝泓⑥置道山，郁郁秀气似舅眉宇间。

其重可以回躁进之首,其温可以解横逆之颜。

乌乎端是万乘器,红丝潭石之际知才难。

〔一〕以上感其教养之德,以下专谢其赠研。

① 汔(qì):接近。② 爨(cuàn)桂炊玉:物价昂贵,生活艰难。③ 樊雉:樊笼里的鸡。④ 湔拂:洗净。⑤ 罗縠(hú):一种疏细的丝织品。⑥ 宝泓:砚台。

奉送周元翁锁吉州司法厅赴礼部试〔一〕

江南江北木叶黄,五湖归雁天雨霜。
系船溢城秣高马,客丁结束女缝裳。
贡书登名彻未央①,不比长卿薄游梁②。
南山雾豹出文章,去取公卿易驱羊③。
与君初无一日雅,倾盖许子如班扬。
因拘官曹少相见,忽忽岁晚稼涤场。
一杯僚友喜多在,谢守不见空澄江。
澄江如练明橘柚,万峰相倚摩青苍。
暮堂醺醺客被酒,艳歌聒醉烛生光。
椎鼓发船星斗白,明日各在天一方。
寒鸦满枝二乔④宅,樽前顾曲忆周郎。
鲈鱼斫脍蔗为浆,恨君不留谁与尝。
殿前春风君射策,汉庭诸公必动色。
故人若问黄初平,将作金华牧羊客。

〔一〕周濂溪二子寿、焘。寿字季老,后改元翁。焘字通老,后改次翁。元翁于元丰五年登第,此诗送其赴礼部试也。

①"贡书"句：贡书，由州府呈报给礼部的、参加会试的举人名册。未央，即未央宫，西汉朝廷正宫，在今陕西西安，此处借指朝廷。②长卿薄游梁：指司马相如客游梁孝王事。③"去取"句：取得公卿之位就像赶羊那样容易。④二乔：指三国时东吴的两位美女大乔、小乔。

送昌上座归成都

昭觉堂中有道人〔一〕，龙吟虎啸随风云。
雨花经席冷如铁，一滕日转十二轮。
宝胜蓬蒿荒小院，埋没醯罗〔二〕三只眼①。
个是②江南五味禅，更往参寻莫担板。

○崇宁元年壬午，五十八岁。　〔一〕昭觉寺，在成都。道人，当是圆悟禅师克勤也。崇宁初，归蜀住昭觉寺。　〔二〕梵语摩醯首罗，此云大自在。

①醯（xī）罗三只眼：佛教传说摩醯首罗天有三眼，其中一眼，竖生额头，称"顶门眼"。②个是：这是。

题杜槃涧叟冥鸿亭

少陵杜鸿渐，颇薰知见香。
风流有诸孙，结屋①庐山阳。
藉交游侠窟，猎艳少年场。
光怪惊邻里，收身反摧藏。
江湖拍天流，罗网盖稻粱。

安能衎衎②饱，遂欲冥冥翔。

畏影走万里，不如就阴凉。

亭东亭西渺烟水，稻田衲子交行李。

古灵庵下倚寒藤，莫向明窗钻故纸。

〇元丰六年癸亥，三十九岁。　〇已上《外集》。

① 结屋：构筑屋舍。② 衎（kàn）衎：和乐的样子。

临河道中

村南村北禾黍黄，穿林入坞歧路长。

据鞍梦归在亲侧，弟妹妇女笑两厢。

甥侄跳梁暮堂下，惟我小女始扶床。

屋头扑枣烂盈斗，嬉戏喧争挽衣裳。

觉来去家三百里，一园兔丝花气香。

可怜此物无根本，依草著木浪自芳。

风烟雨露非无力，年年结子飘路傍。

不如归种秋柏实，他日随我到冰霜。

〇以下《别集》。

伯时彭蠡春牧图

岳阳楼上春已归，湖中鸿雁拍波飞。

布帆天阔随鸟道，石林风晚吹人衣。

春水初生及马腹,浮滩欲上西山麓。
遥看绝岭秀云松,上有垂萝暗溪谷。
沙眠草啮性不骄,侧身注目鸣相招。
林间瞥过星烁烁,原上独立风萧萧。
君不见,中原真种胡尘没,南行市骨何仓卒。
只收力健载征夫,肯向时危辨奇骨。
即今贡马西北来,东西坊监屯云①开。
纷然驽骥②同一秣③,尔可不忧四蹄脱。
○元祐三年,秘书省作。

① 屯云:积聚的云气。② 驽骥:劣马和良马。③ 秣:牲畜的饲料。

观刘永年团练画角鹰

刘侯才勇世无敌,爱画工夫亦成癖。
弄笔扫成苍角鹰,杀气棱棱动秋色。
爪拳金钩嘴屈铁,万里风云藏劲翮。
兀立①槎枒②不畏人,眼看青冥有余力。
霜飞晴空塞草白,云垂四野阴山黑。
此时轩然盍飞去,何乃蠻虺③立西壁。
只应真骨下人世,不谓雄姿留粉墨。
造次更无高鸟喧,等闲亦恐狐狸吓。
旁观未必穷神妙,乃是天机贯胸臆。
瞻相突兀摩空材,想见其人英武格。
传闻挥毫颇容易,持以与人无甚惜。

物逢真赏世所珍,此画他年恐难得。

○元祐三年,秘书省作。

① 兀立:直愣愣站着的样子。② 槎枒(chá yā):树木枝杈歧出的样子。③ 巉岏:山峰耸立的样子。

戏用题元上人此君轩诗韵奉答周彦公起予之作,病眼皆花,句不及律,书不成字

北道沈霾多历年,喜君占斗斸龙泉①。
我学渊明贫至骨,君岂有意师无弦。
潇洒侯王非爵命,道人胸中有水镜。
霜钟堂下月明前,枝枝雪压如悬磬。
敝帚不扫舍人门,如愿不谒青鸿君。
来听道人写风竹,手弄霜钟看白云。
平生窃闻公子旧,今日谁举贾生②秀。
未知束帛何当来,但有一筇相依瘦。
欲截老龙吟夜月,无人处为江山说。
中郎解赏柯亭椽③,玉局归时君为传。

○元符二年,戎州作。

① 斸(zhú)龙泉:斸,掘。龙泉,又名龙渊,宝剑名。② 贾生:即贾谊。《汉书·贾谊传》:"河南守吴公闻其秀材,召置门下,甚幸爱。"③ "中郎"句:指良才得其用。中郎,即蔡邕(133—192),字伯喈,陈留郡圉县人,东汉名臣,善诗赋、书法,因曾任左中郎将等职,世称"蔡中郎"。《艺文类聚》卷四十四引伏滔《蔡邕长笛赋》序:"邕避难江南,宿于柯亭,柯亭之馆,以竹为椽,仰而眄之曰:'良竹也。'取以为笛,奇声独绝,历代传之。"

黄山谷七古

元师自荣州来，追送予于泸之江安绵水驿，因复用旧所赋此君轩诗韵赠之，并简元师从弟周彦公

岁逢辛巳建中年，诸公起废自林泉。
王师侧闻陛下圣，抱琴欲奏南风弦。
孤臣蒙恩已三命，望尧如日开金镜。
但忧衰疾不敢前，眼见黑花耳闻磬。
岂如道人山绕门，开轩友此岁寒君。
能来作诗赏劲节，家有晓事扬子云。
箨龙森森新间旧，父翁老苍孙子秀。
但知战胜得道肥，莫问无肉令人瘦。
是师胸中抱明月，醉翁不死起自说。
竹影生凉到屋橼，此声可听不可传。
○建中靖国元年，戎州作。

卷十七

王右丞五律

一百四首

奉和圣制赐史供奉曲江宴应制

侍从有邹枚①,琼筵就〔一〕水开。
言陪柏梁宴②,新下〔二〕建章③来。
对酒山河满,移舟草树回。
天文同丽日,驻景惜行杯。

〔一〕就:《唐诗品汇》作向。 〔二〕下:《文苑英华》作自。

① 邹枚:汉代邹阳、枚乘的并称,以才辩闻名于世。② 柏梁宴:指御宴、朝廷宴会。③ 建章:指汉代的建章宫,位于长安城西,后泛指皇帝宫殿。

从岐王过杨氏别业应教

杨子①谈经所〔一〕,淮王载酒过②。
兴阑〔二〕啼鸟换,坐久落花多。
径转回银烛,林开散玉珂③。
严城时未启,前路拥〔三〕笙歌④。

〔一〕所:《文苑英华》《唐诗正音》《唐诗品汇》俱作处,《万首唐人绝句》《乐府诗集》俱作去。 〔二〕兴阑:《万首唐人绝句》作醉来。按,《唐诗正音》《唐诗品汇》俱作缓。 〔三〕拥:一作引。

① 杨子:指西汉文学家扬雄,善于创作恢宏的汉大赋,晚年专注于整理儒家经典。② 载酒过:扬雄家贫,嗜酒如命,就有好

事者偶尔载着美酒跟随他游学。③玉珂:一种华美的车铃。④笙歌:指吹笙唱歌或奏乐唱歌。

从岐王夜宴卫家山池应教

座客香貂①满,宫娃②绮幔张。
涧花轻粉色③,山月少〔一〕灯光。
积翠纱窗暗〔二〕,飞泉绣户凉。
还将歌舞出,归路莫愁长。

〔一〕少:《文苑英华》作吐,非。 〔二〕暗:《文苑英华》作透。

① 香貂:用貂皮做的冠子,借指达官贵人。② 宫娃:即宫女。③ 轻粉色:略施粉黛,即淡妆。此用拟人的手法,将涧花拟作人。

和尹〔一〕谏议史馆山池

云馆接天居①〔二〕,霓裳②侍玉除。
春池百子〔三〕外,芳树万年余。
洞有仙人箓③,山藏太史书④。
君恩深汉帝,且莫上空〔四〕虚⑤。

〔一〕尹:《文苑英华》作伊,非。 〔二〕居:一作灵。
〔三〕子:一作草,非。 〔四〕空:一作云。

①"云馆"句:此句是说史馆在禁中。史馆、天居,指天子

居处。② 霓裳（ní cháng）：飘拂轻柔的舞衣。③ 仙人箓：神仙秘籍或道教经典。④ 太史书：即《史记》，汉代史学家司马迁撰写的中国第一部纪传体通史。司马迁曾说《史记》"藏之深山，副在京师"。⑤ 空虚：指天界。

同〔一〕崔员外秋宵寓直

建礼①高秋夜，承明②候晓过。
九门寒漏③彻，万井曙钟④多。
月迥藏珠斗⑤，云消〔二〕出绛河⑥。
更惭衰朽质，南陌共鸣珂⑦。

〔一〕同：《文苑英华》作和。　〔二〕消：《文苑英华》作开。

① 建礼：汉宫名，乃尚书郎执勤的地方。② 承明：古代天子左右路寝，因坐落在明堂之后，故有此名。③ 寒漏：指寒冷天众漏壶的水滴声。④ 曙钟：拂晓的钟声。⑤ 珠斗：即北斗星，因星星相连缀像斗一样，所以称为珠斗。⑥ 绛河：银河。⑦ 鸣珂：玉石装饰品发出的声响。

奉和杨驸马六郎秋夜即事

高楼月似霜，秋夜郁金堂①。
对坐弹卢女②，同看舞凤凰③。
少儿多送酒，小玉更焚香。
结束④平阳骑，明朝入建章。

① 郁金堂：指代女子芳香高雅的居所。② 卢女：相传是三国魏武帝时期的宫女，善鼓琴。③ 舞凤凰：描绘舞女的舞蹈。④ 结束：整理行装。

酬虞部苏员外过蓝田别业不见留之作

贫居依谷口，乔木带荒村。
石路枉回驾①，山家谁候门。
渔舟胶冻浦②，猎火③烧〔一〕寒原。
惟有白云外，疏钟闻〔二〕夜猿。

〔一〕烧：一作绕。 〔二〕闻字疑是间字之讹。

① 回驾：车驾回行。② 冻浦：冰冻的码头。③ 猎火：打猎时为了驱赶野兽而放火烧山。

酬比部杨员外暮宿琴台〔一〕朝跻书阁率尔见赠之作

旧简①拂尘看，鸣琴候〔二〕月弹。
桃源〔三〕②迷汉姓，松〔四〕树有秦官③。
空谷归人少，青山背日寒。
羡君栖〔五〕隐处，遥望白云端。

〔一〕台：凌本、《文苑英华》俱作堂。 ○一作卢照邻诗。
〔二〕候：《文苑英华》作俟。 〔三〕源：一作花。 〔四〕树：顾元纬本、凌本俱作径。〔五〕栖：凌本作归。

①旧简：旧书。简，竹简，古时以竹简为书写载体。②桃源：即桃花源，出自东晋陶渊明所写的《桃花源记》，后世指代避世隐居的理想地方。③秦官：据《史记·秦始皇本纪》载，始皇帝嬴政上泰山封禅，中途遇雨，就躲在松树下避雨，后来将这棵松树封为五大夫（一种爵位，秦汉二十等爵的第九位）。

酬严少尹、徐舍人见过不遇

公门①暇日少，穷巷故人稀。
偶值乘篮舆②，非关避白衣③。
不知炊黍否，谁解扫荆扉④。
君但倾茶碗，无妨骑马归。

①公门：古代称国君之外门为"公门"，后指代官府。②篮舆：古代供人乘坐的一种交通工具，形制不一，由人抬着走，类似于轿子。③"非关"句：谓自己偶然外出，并非有意避而不见严、徐二人。白衣：指王弘，典出《读晋阳秋》。④荆扉：柴门。

慕容承携素馔见过

纱帽乌皮几①，闲居懒赋诗。
门看五柳②识，年算六身知③。
灵寿君王赐，雕胡④弟子炊。
空劳酒食馔，特底解人颐⑤。

①"纱帽"句：纱帽，古代君王、官员戴的帽子，用纱制成，

后指代官职；乌皮几，乌羔皮包裹装饰的小几案，休息时用来靠身。②五柳：指陶渊明。③"年算"句：谓自己年纪已经很大了。六身：典出《左传》，亥有"二首六身"，"亥"字小篆，上二横为首，以象二万；下三"人"字，形同六字，以象六千六百六十，合计二万六千六百六十，为七十三的日数。指七十三岁。④雕胡：即茭白，一种水生的食用植物。⑤解人颐：使人欢乐。

酬慕容上〔一〕

行行①西陌返，驻幰〔二〕②问车公。
挟毂③双官骑，应门五尺僮。
老年如塞北，强起离墙东。
为报壶丘子④，来人道姓〔三〕蒙。

〔一〕一作酬慕容十一。　〔二〕幰：刘本、顾可久本俱作炉，非。　〔三〕姓字疑是住字之讹。

① 行行：不停地前行。② 驻幰（xiǎn）：停车。幰，车上的帷幔。③ 毂（gǔ）：车轮中心的原木，借指车。④ 壶丘子：春秋战国时期道家代表人物，名林，相传为列子的老师，后世喻得道高人。此指慕容氏。

酬张少府

晚年〔一〕惟好静，万事不关心。
自顾无〔二〕长策①，空知〔三〕返旧林②。
松风吹解带，山月照弹琴。

君〔四〕问穷通理，渔歌入浦深。

〔一〕年：一作来。　〔二〕长：一作良。　〔三〕知：《文苑英华》作如。　〔四〕君：一作若。

① 长策：治国安邦的良策。② 旧林：指禽兽飞鸟栖息的地方，后代指故乡。

喜祖三至留宿

门前洛阳客，下马拂征衣①。
不枉故人驾②，平生多掩扉③。
行人返深巷，积雪带余晖。
早岁同袍④者，高车⑤何处归。

① 征衣：出征军人的军服。②"不枉"句：枉驾，敬辞，指对方来拜访自己。③ 掩扉：关门。④ 同袍：指共同征战过的战友，泛指朋友、同僚等。⑤ 高车：古代供立乘的车。

酬贺四赠葛巾之作

野巾①传惠好，兹贶②重兼金。
嘉此幽栖物③，能齐〔一〕隐吏④心。
早朝方暂挂，晚沐复〔二〕来簪。
坐觉嚣尘远，思君共入林⑤。

〔一〕齐：凌本作高。　〔二〕复：凌本作更。

①野巾：庶人使用的头巾，用葛布制成。②贶（kuàng）：赠送。③幽栖物：指葛布，古时候隐居者常戴葛巾。④隐吏：在做官时而有隐退想法的人。⑤入林：指隐居。

寄荆州张丞相①

所思竟何在，怅望深荆门②。
举世无相识，终身思旧恩。
方将与农圃③，艺植老丘园④。
目尽南飞鸟〔一〕，何由寄一言。

〔一〕飞鸟：顾元纬本、凌本俱作无雁。

①张丞相：指张九龄，时被贬官荆州。②荆门：山名，在湖北宜都西北，此指代荆州。③农圃：农田与田圃，泛指农事。④丘园：指家园乡村。

辋川闲居赠裴秀才迪①

寒山转〔一〕苍翠，秋水日潺湲②。
倚杖柴门外，临风听暮蝉。
渡头余落日，墟里③上孤烟。
复值接舆④醉，狂歌五柳前。

〔一〕转：顾可久本作积。

①裴迪：唐代诗人，王维好友。②潺湲：水流声。③墟里：

村落。④ 接舆：春秋时期楚国的著名隐士，曾对当时周游列国的孔子用歌唱的方式进行嘲讽。

冬晚对雪忆胡居[一]士家

寒更传晓箭[二]①，清镜②览[三]衰颜。
隔牖③风惊竹，开门[四]雪满山。
洒空④深巷静，积素⑤广庭闲。
借问袁安⑥舍，翛然尚闭关。

〔一〕居：一作处。　○一作王劭诗。　〔二〕一作寒更催唱晓。　〔三〕览：一作减。　〔四〕门：一作帘。

① 晓箭：拂晓时分漏壶指示时刻的箭，借指凌晨这段时间。② 清镜：明镜。③ 牖（yǒu）：窗户。④ 洒空：指下雪。⑤ 积素：积雪，后引申为空旷的场所。⑥ 袁安：化用"袁安高卧"的典故。相传东汉时期，当大雪来临时，穷人都会出来扫雪乞讨食物，只有袁安家大雪封门，不愿出来向人乞求食物，表示其气节。这里以袁安舍借指胡居士家。

山居秋暝

空山①新雨后，天气晚来秋。
明月松间照，清泉石上流。
竹喧归浣女②，莲动下渔舟。
随意③春芳歇，王孙④自可留。

① 空山：幽深少人的山林。② 浣女：洗衣服的女子。③ 随意：任情适意。④ 王孙：一般对青年男子的尊称。

终南别业

中岁①颇好道，晚家南山陲。
兴来每独往，胜事②空自知。
行到水穷处，坐看云起时。
偶然值③林叟，谈笑无还期。

① 中岁：中年。② 胜事：美好的事情。③ 值：遇到。

归嵩山作

清〔一〕川①带长薄，车马去闲闲②。
流水如有意，暮禽〔二〕相与还。
荒城③临古渡，落日满秋山。
迢递④嵩高〔三〕下，归来且闭〔四〕关。

〔一〕清：《文苑英华》作晴。　〔二〕禽：《文苑英华》作云。　〔三〕高：《文苑英华》作山。　〔四〕闭：一作掩。

① 清川：清清的流水，指伊水及其支流。② 闲闲：从容自得的样子。③ 荒城：嵩山附近荒芜废弃的城池。④ 迢递：遥远的样子。

归辋川作

谷口疏钟动,渔樵稍欲稀。
悠然远山暮,独向白云归。
菱蔓①弱难定,杨花②轻易飞。
东皋③春草色,惆怅掩柴扉。

① 菱蔓:即菱的细茎,外形细长绵延,可入药。② 杨花:即柳絮。③ 东皋:向阳的田野或高地,此指辋川。

韦给事山居

幽寻〔一〕得此地,讵①有一人曾。
大壑②随阶转,群山入户登。
庖厨③出深竹,印绶④隔垂藤。
即事辞轩冕⑤,谁云病⑥未能。

〔一〕幽寻:凌本作寻幽。

① 讵:岂。② 大壑:大坑谷或大山沟。③ 庖厨:厨房。④ 印绶:系有印信的丝带。⑤ 轩冕:古代官员乘坐的车驾和穿着的朝服,借指官位。⑥ 病:感到为难。

山居即事

寂寞掩柴扉,苍茫对落晖。
鹤巢松树〔一〕遍,人访筚门①稀。

嫩[二]竹含新粉，红莲落故衣。

渡头灯火起，处处采菱归。

〔一〕树：凌本作径。　　〔二〕嫩：顾元纬本作绿。

① 筚（bì）门：用荆竹树枝编制的门，比喻贫寒人家。

终南山[一]

太乙①近天都②，连山到海隅[二]③。

白云回望合，青霭④入看无。

分野⑤中峰变，阴晴众壑殊。

欲投人处⑥宿，隔水[三]问樵夫。

〔一〕《文苑英华》作终山行。　　〔二〕山：《文苑英华》作天。到：一作接。　　〔三〕水：《文苑英华》作浦。

① 太乙：又名太一，此指终南山。② 天都：天帝的居所。③ 海隅：海边。秦岭并不靠海，此为夸张之辞。④ 青霭：山中的云气。⑤ 分野：天文学名词，古人以天上的二十八星宿来区别中国的地理疆域，称为"分野"。⑥ 人处：有人烟的地方。

辋川闲居

一从归白社①，不复到青门②。

时倚檐前树，远看原上村。

青菰③临水映[一]，白鸟向山翻。

寂寞於陵子④，桔槔⑤方灌园。

〔一〕映：一作拔。

① 白社：地名，在今河南洛阳东。② 青门：汉代长安城东南门，本名霸城门，因其门是青色，故得此名。③ 青菰（gū）：即茭白。④ 於陵子：於陵子仲，即陈仲子，战国时期的隐士，因不愿为楚国相，携家人逃离隐居，给人浇园圃为生。⑤ 桔槔（gāo）：井上的汲水工具。

春园即事

宿雨①乘轻屐，春寒着敝袍。
开畦②分白水，间柳③发红桃。
草际成棋局，林端举桔槔。
还持绿皮几，日暮隐蓬蒿④。

① 宿雨：经夜的雨水。② 畦（qí）：田园里由田埂分成的小块田地。③ 间柳：杨柳丛。④ 蓬蒿：蓬草和蒿草，杂草丛。

淇上即事田园

屏居淇水①上，东野旷无山。
日隐桑柘②外，河明闾井③间。
牧童望村去，猎犬随人还。
静者亦何事，荆扉乘昼关。

① 淇水：即淇河，发源于山西省陵川县棋子山，终流于卫河。② 桑柘（zhè）：桑树和柘树，其叶皆可养蚕。③ 闾（lú）井：房屋和水井，指居民聚集之地。

与卢象集朱家

主人能爱〔一〕客，终日有逢迎①。
贳②得新丰酒，复闻秦女筝③。
柳条疏客舍，槐叶下秋城。
语笑且为乐，吾将达〔二〕此生。
〔一〕爱：凌本作对。　〔二〕达：凌本作适。

① 逢迎：迎接招待客人。② 贳（shì）：赊欠。③ 秦女筝：秦地的一种乐器，多以女伎弹奏，故名"秦女筝"。

过福禅师兰若

岩壑①转微径〔一〕，云林隐法堂②。
羽人③飞奏乐，天〔二〕女④跪焚香。
竹外峰偏曙⑤，藤阴水更凉。
欲知禅坐久，行路长春芳。
〔一〕《文苑英华》作岩壑带松径，一本作岩壑带茅径。
〔二〕天：一本作仙。

① 岩壑：山林河谷。② 法堂：演说佛法的厅堂。③ 羽人：有

羽翼的仙人。④ 天女：佛教神女的称谓。⑤ 曙：天刚刚明亮。

黎拾遗昕^①、裴〔一〕迪见过秋夜对雨之作

促织^②鸣已急，轻衣^③行^④向〔二〕重。
寒灯坐高馆，秋雨闻疏钟。
白法^⑤调狂象，玄言问老龙^⑥。
何人顾蓬径，空愧求〔三〕羊^⑦踪。

〔一〕一本裴字下多秀才二字。　〔二〕向：刘本作尚。
〔三〕求：一作牛，误。

① 黎拾遗昕：即黎昕，拾遗为谏官名。② 促织：蟋蟀。③ 轻衣：单衣。④ 行：将要。⑤ 白法：佛教语，一切善法的总称。⑥ "玄言"句：指自己兼学道家。玄言，深奥玄妙的言论、哲理。老龙，传说中的圣者老龙。⑦ 求羊：求仲、羊仲二人，汉代隐士。此指黎昕、裴迪二人。

晚春严少尹与诸公见过

松菊荒三径^①，图书共五车^②。
烹葵^③邀上客，看竹^④到贫家。
鹊乳^⑤先春草，莺啼过落花。
自怜黄发^⑥暮，一倍惜年华。

① 三径：指归隐者的家园。② 五车：形容书多。③ 葵：即

冬苋菜,古代葵常为百姓家的平常食物。④ 看竹:随意拜访朋友。
⑤ 鹊乳:喜鹊的雏鸟。⑥ 黄发:指老人。

过感化〔一〕寺昙兴上人山院

暮持筇竹①杖,相待虎溪头②。
催客闻山响,归房逐水流。
野花丛发好,谷鸟一声幽。
夜坐空林〔二〕寂,松风直似秋。

〔一〕感化:《文苑英华》作化感。 〔二〕林:顾可久本作村。

① 筇(qióng)竹:一种竹子,实心,节高,结实耐用,适宜作手杖。② 虎溪头:相传晋代慧远法师居住东林寺时,送客不过溪,否则老虎啸叫,因得此名。

夏日过青龙寺谒操禅师

龙钟①一老翁,徐步谒禅宫。
欲问义心②义,遥知空病③空。
山河天眼④里,世界法身⑤中。
莫怪消炎热,能生大地风。

① 龙钟:年老体衰、行动不便的样子。② 义心:佛教语,指犹豫不决的心,有迷事、迷理两种。③ 空病:执着于空。④ 天

眼：天人之眼，能看得很远，为佛教所称的五眼（肉眼、天眼、慧眼、法眼、佛眼）之一。⑤法身：佛教语，指佛的自性真身。

郑果州相〔一〕过

丽〔二〕日照残春，初晴草木新。
床前〔三〕磨镜客①，林里〔四〕灌园人。
五马②惊〔五〕穷巷，双童逐〔六〕老身。
中厨〔七〕办粗饭，当恕〔八〕阮家贫③。

〔一〕相：凌本作见。 〔二〕丽：刘本作斜。 〔三〕前：顾元纬本、凌本俱作头。 〔四〕林里：顾元纬本作树下，凌本作花下。 〔五〕惊：《方舆胜览》作过。 〔六〕逐：《方舆胜览》作送。 〔七〕中厨：《文苑英华》作厨中。〔八〕当恕：《文苑英华》作常恐。

① 磨镜客：《列仙传》所记载的负局先生，借磨镜之机救人疾病，在瘟疫爆发时救助万人，不求回报。② 五马：太守的代称。③ 阮家贫：指家境贫寒。

过香积寺〔一〕①

不知香积寺，数里入云峰。
古木无人径，深〔二〕山何处钟。
泉声咽②危石，日色冷青松。
薄暮空潭曲，安禅③制毒龙④。

〔一〕《文苑英华》以此诗为王昌龄作。　〔二〕深：《文苑英华》作空。

① 香积寺：佛教"八宗"之一净土宗的祖庭，在今陕西西安境内。② 咽：呜咽。③ 安禅：佛教语，指身心安然进入清寂宁静的境界。④ 毒龙：佛家比喻邪念妄想。

过崔驸马山池

画〔一〕楼吹笛妓，金碗〔二〕酒家胡①。
锦石②称贞女，青松学大夫。
脱貂贯桂酤〔三〕③，射雁与山厨。
闻道高阳会，愚公谷正愚。

〔一〕画：一作书。　〔二〕碗：顾元纬本、凌本俱作埦。〔三〕酤：顾元纬本、凌本俱作醑。

① 酒家胡：指酒家当垆侍酒的胡姬，后泛指酒家侍者或卖酒女。② 锦石：有锦绣花纹的石头。③ 桂酤：指桂花酒。

送李判官赴江东〔一〕

闻道皇华使①，方随皂盖②臣。
封章③通左语，冠冕化文身④。
树色分扬子，潮声满富春。
遥知辨璧吏，恩到泣珠⑤人。

〔一〕江东：一作东江。

① 皇华使：皇帝的使臣，此指李判官。② 皂盖：古代官员所用的黑色蓬伞。③ 封章：机密事件的奏章都用皂囊重封上奏。④ 文身：代指未开化的地域居民。⑤ 泣珠：古代民间神话传说鲛人流泪成珠，后指受到恩遇教诲。

送封太守

忽解羊头削①，聊驰熊轼轓〔一〕②。
扬舲③发夏口，按节④向吴门。
帆映丹阳⑤郭，枫攒⑥赤岸村〔二〕。
百城多候吏，露冕一何尊。

〔一〕轓：顾元纬本、凌本俱作首。　〔二〕攒：一作藏。

① 羊头削：白羊子刀，指忽然卸去武职。② 轓（fān）：有车厢的车。③ 扬舲：划船前进。④ 按节：徐行。⑤ 丹阳：故址在今安徽当涂东北。⑥ 攒：集聚。

送严秀才还蜀

宁亲①为〔一〕令子，似舅即贤甥。
别路经花县②，还乡入锦城③。
山临青塞断，江向白云平。
献赋何时至，明君忆长卿④。

〔一〕为:《文苑英华》作真。

① 宁亲：使父母安宁。② 花县：指河阳县。③ 锦城：即锦官城，在今四川成都南，因为三国蜀汉管理织锦的官员驻扎于此而闻名，也指代成都。④ 长卿：司马相如（前179—前118），字长卿，汉代著名辞赋家。

送张判官判河西

单车①曾出塞，报国敢邀②勋。
见逐张征虏③，今思霍冠军④。
沙平连白雪，蓬卷入黄云。
慷慨倚⑤长剑，高歌一送君。

① 单车：谓驾一辆车。② 邀：追求。③ 张征虏：即张飞，曾被封为征虏将军。④ 霍冠军：即汉代名将霍去病，被汉武帝封为冠军侯。⑤ 倚：佩戴。

送岐州源长史归〔一〕

握手一相送，心悲安可论。
秋风正萧索，客散孟尝门①。
故驿通槐里②，长亭下槿〔二〕原③。
征西旧旌节，从此向河源④。

〔一〕原注：源与余同在崔常侍幕中，时常侍已没。　〔二〕槿：

一作柏。

① 孟尝门：孟尝指战国四公子之一的孟尝君田文，其府中曾养三千食客，后世以"孟尝门"代指官宦幕府。② 槐里：古地名，在今陕西兴平附近。③ 堇原：古地名，在今陕西境内。④ 河源：在今甘肃青海一带。

送张道士归山

先生何处去，王屋①访茅君。
别妇②留丹诀，驱鸡入白云。
人间苦难住，天上复离群。
当作辽城鹤③，仙歌使尔闻。

① 王屋：山名，在今山西阳城、垣曲之间。② 别妇：据《晋书·许迈传》载，许迈带着妻子访游名山，到了临安西山，许迈认为这里就是自己的归宿，就告别妻子独自进山，后不知去向。有人说他已经羽化登仙。③ 辽城鹤：指辽东丁令威成仙变成一只仙鹤，飞回故里。

同崔兴宗送瑗公〔一〕

言从石菌阁，新下穆陵关①。
独向池阳②去，白云留故山。
绽衣秋日里，洗钵古松间。

一施传心③法，惟将戒定还。
〔一〕一作同崔兴宗送衡岳瑗公南归。

① 穆陵关：在今山东临沂。② 池阳：即池阳县，在今陕西省泾阳县和三原县部分地区。③ 传心：指佛教禅宗的传法。禅宗传法，不立文字，自心悟道。

送钱少府①还蓝田②

草色日向好，桃源人去稀。
手持平子赋③，目送老莱衣。
每候山樱发④，时同海燕归。
今年寒食酒，应得返柴扉。

① 钱少府：钱起（722—780），唐代诗人，"大历十才子"之一，诗名在十人中最盛，与郎士元合称"钱郎"。② 蓝田：今隶属陕西西安。③ 平子赋：指东汉张衡的《归田赋》。④ 山樱发：山上的樱花开花。

留别钱起

卑栖却得性，每与白云归。
徇禄①仍〔一〕怀橘②，看山免采薇〔二〕③。
暮禽先去马，新月待开扉。
云汉时回首，知音青琐闱④。

〔一〕仍：凌本作犹。　〔二〕山：凌本作花。四句一作别山如昨日，春露已沾衣。采蕨频盈手，看花空厌归。

① 徇禄：营求俸禄，指出仕做官。② 怀橘：比喻孝顺亲人。③ 采薇：指商朝遗民叔齐和伯夷不愿食周朝的粮食，归隐首阳山，以采野菜为食。④ 青琐闱：借指朝廷、皇宫。

送丘为①往唐州②

宛洛③有风尘，君行多苦辛。
四愁连汉水，百口寄随人。
槐色阴清昼，杨花惹暮春。
朝端④肯相送，天子绣衣臣。

① 丘为（702—797）：嘉兴人，唐代诗人，官至太子右庶子。② 唐州：辖域相当于今河南泌阳、桐柏、社旗、方城、唐河等地。③ 宛洛：即河南南阳和洛阳。④ 朝端：朝中之人。

送元中丞转运江淮

薄税〔一〕归天府①，轻徭赖使臣。
欢沾赐帛老②，恩及卷绡人③。
去问珠〔二〕官俗，来经石劫春〔三〕。
东南御亭上，莫使〔四〕有风尘。

〔一〕税：一作赋。　〔二〕珠：钱集作殊。　〔三〕凌本作来看石劫城。　〔四〕使：钱集作问。

①天府：天子的府库。②赐帛老：赏赐年老的人帛布。③卷绡人：传说鲛人曾在一户卖生丝的人家寓居，为了报恩，鲛人临别时流泪并积攒一盘珠子送给主人家。

送崔九兴宗游蜀

送君从此去，转觉故人稀。
徒御①犹回首，田园方掩扉。
出门当旅食②，中路授寒衣。
江汉风流地，游人何处〔一〕归。
〔一〕处：《唐诗纪事》作岁。

①徒御：指挽车、御马的人。②旅食：指客居、寄食。

送崔兴宗

已恨①亲皆远，谁怜友复稀。
君王未西顾，游宦②尽东归。
塞迥③山河净，天长云树微。
方同菊花节④，相待洛阳扉。

①恨：遗憾。②游宦：指远离家乡在官府任职。③迥（jiǒng）：远。④菊花节：重阳节。

送平淡然判官

不识阳关①路，新从定远侯②。
黄云断春色，画角③起〔一〕边愁。
瀚海④经年别〔二〕，交河⑤出塞流。
须〔三〕令外国使，知〔四〕饮月支头。

〔一〕起：《唐诗正音》作赴，一作越。　〔二〕别：顾元纬本、凌本、《文苑英华》俱作到。　〔三〕须：《文苑英华》作预。　〔四〕知：一作只，非。

① 阳关：古关名，在今甘肃敦煌西南古董滩附近。② 定远侯：东汉班超的封号。班超投笔从戎，收拢整个西域，削弱匈奴的势力，被封为定远侯。③ 画角：古代乐器，声音高亢，用以振奋士气。④ 瀚海：唐代曾设瀚海都督府。⑤ 交河：安西都督府曾设立于此。

送孙秀才

帝城风〔一〕日好，况复建平①家。
玉枕双〔二〕文簟②，金盘五色瓜。
山中无〔三〕鲁酒③，松下饭胡麻④。
莫厌〔四〕田家苦，归期远复赊⑤。

〔一〕风：《文苑英华》作春。　〔二〕文：《文苑英华》《唐诗纪事》俱作纹。　〔三〕无：《文苑英华》《唐诗纪事》俱作沽。〔四〕厌：一作怨。

① 建平：指南朝宋建平王刘弘或其子景素，二人皆爱好文学，礼贤文士。② 双文簟（diàn）：一种花纹成双的珍美竹席。③ 鲁

酒：薄酒。④胡麻：即芝麻。⑤赊：缓。

送刘司直①赴安西②

绝域③阳关道，胡烟〔一〕与塞尘。
三春④时有雁，万里少行人⑤。
苜蓿⑥随天马，蒲桃⑦逐汉〔二〕臣。
当令外国惧，不敢觅和亲。

〔一〕烟：顾元纬本、凌本、《文苑英华》《唐诗品汇》俱作沙。　〔二〕汉：凌本作使。

①刘司直：王维友人。司直，官名，属大理寺，掌刑狱。②安西：指安西都护府。③绝域：极远的地域，指西域。④三春：指整个春季，从农历正月到三月。⑤行人：出征的人。⑥苜蓿（mù xu）：一种豆科植物，从西域传入，可作饲料或肥料。⑦蒲桃：即葡萄。

送赵都①督赴代州②得青字③

天官④动将星，汉地〔一〕柳条青。
万里鸣刁斗⑤，三军出井陉⑥。
忘身辞凤阙，报国取龙庭⑦。
岂学书生辈，窗间〔二〕老一经。

〔一〕地：顾元纬本、凌本俱作上，一作汜。　〔二〕间：《文苑英华》作中。老：《唐诗品汇》作著。

① 都督：唐代在部分州设立都督府，掌管军事。② 代州：在今山西省东部，治所在代县。③ 得青字：相约赋诗，以青字为韵。④ 天官：指天上星座。⑤ 刁斗：古代行军用具，白天用作炊具，晚上打击巡更。⑥ 井陉：太行山的支脉。⑦ 取龙庭：指歼灭敌军。龙庭，单于祭天的地方。

送方城①韦明府

遥思葭菼②际，寥落③楚人行。
高鸟长淮水，平芜④故郢城。
使车听雉乳，县鼓⑤应鸡鸣。
若见州从事，无嫌手板迎。

① 方城：方城县，在今河南南阳。② 葭菼（jiā tǎn）：指芦和荻，都是水生植物。③ 寥落：孤单，寂寞。④ 平芜：草木丛生的平原旷野。⑤ 县鼓：古代庙堂用的大鼓。

送李员外贤郎

少年何处去，负米①上铜梁②。
借问阿戎父③，知为童子郎④。
鱼笺⑤请诗赋，橦布⑥作衣裳。
薏苡⑦扶衰病，归来幸可将。

① 负米：侍奉亲人。② 铜梁：即铜梁山，在重庆合川南。

③阿戎父：喻李员外。④童子郎：汉代选童子才俊通晓经文者，拜为郎。⑤鱼笺：唐代蜀地造的笺纸。⑥橦（tóng）布：用橦木花织成的布。⑦薏苡（yì yǐ）：草本植物，果实为薏米，可食用和入药。

送梓州[一]①李使君

万壑树参天，千山响杜鹃[二]。
山中一半[三]雨，树杪②百重泉。
汉女③输橦[四]布，巴④人讼芋田。
文翁⑤翻教授，不敢[五]倚先贤。

〔一〕梓州：《唐诗正音》作东川。　〔二〕《文苑英华》作乡音听杜鹃。　〔三〕半：二顾本、凌本、《唐诗品汇》俱作夜。〔四〕橦：《瀛奎律髓》《唐诗正音》俱作賨。　〔五〕不敢：当是敢不之讹。

① 梓州：治所在今四川三台。② 树杪（miǎo）：树梢。③ 汉女：此指梓州的妇女，因嘉陵江古时被称为"西汉水"，其江边生活的人自然就称为"汉人"。④ 巴：先秦时古国，在今重庆一带，被秦国灭亡。⑤ 文翁：汉代庐江人，蜀郡太守，在任时颇有政绩。

送张五谭①归宣城

五湖千万里，况复五湖西。
渔浦南陵②郭，人家春谷溪。

欲归江淼淼，未到草凄凄。
忆想兰陵镇，可宜猿更啼。

① 张五諲（yīn）：浙江温州永嘉人，官至刑部员外郎，唐代诗人、画家、书法家。② 南陵：今安徽南陵。

送友人南归

万里春应尽，三江①雁亦稀〔一〕。
连天汉水广，孤客郢城归。
郧〔二〕国②稻苗秀③，楚人菰米〔三〕肥。
悬知倚门望，遥识老莱衣。

〔一〕亦稀：《文苑英华》作欲飞，非。　〔二〕郧：顾可久本、《唐诗正音》俱作郎，误。　〔三〕米：一作菜，《文苑英华》作叶。

① 三江：指岳阳城外的沅江、澧（lǐ）江、湘江。② 郧（yún）国：也称鄢国，春秋时位于湖北安陆一带。③ 秀：指稻花。

送贺遂员外外甥

南国有归舟，荆门泝上流。
苍茫葭菼外，云水与〔一〕昭邱①。
樯②带城乌③去，江连暮雨愁。
猿声不可听，莫待楚山④秋。

〔一〕与：一作同。

①昭邱：春秋时楚昭王的墓，在今湖北当阳东南。②樯：帆船上挂风帆的桅杆。③城乌：城头的乌鸦。④楚山：泛指楚地的山。

送杨长史〔一〕赴果州

褒斜①不容幰，之子去〔二〕何之。
鸟道一千里，猿啼〔三〕十二时。
官桥②祭酒③客，山木女郎祠④。
别后同明月，君应听子规。

〔一〕《瀛奎律髓》长史下多一济字。 〔二〕去：《方舆胜览》作欲。 〔三〕啼：《瀛奎律髓》《唐诗正音》《唐诗品汇》俱作声。

①褒斜：古道路名，因取道褒水、斜水二河谷得名。②官桥：官路上的桥梁。③祭酒：出行的饯别酒。④女郎祠：在今陕西褒城女郎山。

送邢桂州①

铙吹②喧京口，风波下洞庭。
赭圻③将赤岸，击汰④复扬舲。
日落江湖白，潮来天地青。
明珠归合浦⑤，应逐使臣星。

① 邢桂州：指邢济，王维的朋友。桂州，在今广西桂林，古代常用姓加任职地称呼官员。② 铙（náo）吹：军歌。铙为军中打击乐器，铜制，外形似铃铛，鼓吹乐的一部。③ 赭圻（zhě qí）：山岭名，在今安徽繁昌西北。④ 击汰：拍击水波。⑤ 合浦：在今广西合浦东北，以产珍珠闻名。

送宇文三赴河西充行军司马①

横吹〔一〕杂繁笳②，边风卷塞沙。
还闻田司马③，更逐李轻车④。
蒲类〔二〕⑤成秦地，莎车〔三〕属汉家。
当令犬戎国，朝聘学昆邪⑥。

〔一〕吹：《文苑英华》作笛。　〔二〕类：刘本、顾可久本俱作垒，误。　〔三〕车：刘本、顾可久本俱作居，误。一本作丘，亦非。

① 行军司马：军中官职，管理军籍、整治军备，协助军务。② 繁笳：指胡笳吹奏之声四起。③ 田司马：即田穰苴，春秋时期齐国著名军事家。④ 李轻车：指李广从弟李蔡，作战勇猛，被封为轻车将军。⑤ 蒲类：西域古国，在新疆东部巴里坤湖附近。⑥ 昆邪：匈奴的一支。

送孙二

郊外谁相送〔一〕，夫君道术亲。
书生邹鲁①客，才子洛阳人。

祖席②依寒草③，行车起〔二〕暮尘。
山川何〔三〕寂寞，长望泪沾巾。

〔一〕《文苑英华》作郭外谁将送。　〔二〕起：《文苑英华》作薄。　〔三〕何：《文苑英华》作向。

① 邹鲁：即邹国和鲁国的并称，分别是孟子和孔子的故乡，此指饯别的地方。② 祖席：饯行的宴席。③ 寒草：枯草。

送崔三往密州①觐省②

南陌去悠悠，东郊不少留。
同怀扇枕恋③，独念〔一〕倚门愁。
路绕天山雪，家临海树秋。
鲁连④功未报，且莫蹈沧洲⑤。

〔一〕念：《文苑英华》作解。

① 密州：治所在今山东诸城。② 觐（jìn）省：探望双亲。③ 扇枕恋：指对父母十分孝顺。④ 鲁连：即鲁仲连，战国时齐国著名游士，曾游说燕国将军退军，恢复齐国。⑤ 沧州：滨水的地方，常作隐士的归处。

送丘为①落第归江东

怜君不得意②，况复③柳条春。
为客③黄金尽，还家白发新。

五湖④三亩宅〔一〕,万里一归〔二〕人。

知祢〔三〕⑤不能荐,羞为〔四〕献纳臣。

〔一〕宅:《文苑英华》作地。 〔二〕归:《文苑英华》作行。 〔三〕祢:顾元纬本、凌本、《唐诗品汇》俱作乐。〔四〕为:顾元纬本、凌本、《唐诗纪事》《唐诗品汇》俱作称,《文苑英华》作看。

① 丘为(702—797):浙江嘉兴人,唐代诗人,早年屡试不中,后中进士,官至太子右庶子。② 不得意:不如意。③ 况复:何况。③ 为客:旅居他乡。④ 五湖:此特指太湖。⑤ 祢(Mí):即祢衡,东汉末期名士,善言辩,生性孤傲,后被江夏太守黄祖所杀。

汉江临泛〔一〕①

楚塞②三湘接,荆门九派③通。

江流天地外,山色有无中。

郡邑④浮前浦,波澜动远空。

襄阳好风日〔二〕,留醉与山翁⑤。

〔一〕泛:《瀛奎律髓》作眺。 〔二〕日:《文苑英华》作月。

① 临泛:登高远眺。② 楚塞:楚国的边境地带。③ 九派:指长江的九条支流,从长江到浔阳分为九支。④ 郡邑:指两岸水边的城镇。⑤ 山翁:指山简(253—312),西晋名士,"竹林七贤"之一山涛之子,平生嗜酒。

登辨〔一〕觉寺

竹径从〔二〕初地①，莲峰出化城②。
窗中三楚③尽〔三〕，林外九江平。
软〔四〕草承趺坐④，长松响梵声。
空居⑤法云⑥外，观世得无生。

〔一〕辨：一作新。　〔二〕从：《文苑英华》《瀛奎律髓》俱作连。　〔三〕尽：《文苑英华》作静。　〔四〕软：《文苑英华》作嫩。

① 初地：佛教语，即欢喜地，修行十个阶段中的第一阶段。② 化城：佛教语，一时幻化出的城郭，佛教借此比喻小乘涅槃境界。③ 三楚：秦汉时期楚国划分出西楚、东楚、南楚三个部分。④ 趺（fū）坐：盘腿端坐。⑤ 空居：幽居。⑥ 法云：即佛法如云，能覆盖一切。

凉州郊外游望①

野老才三户，边村〔一〕少四邻。
婆娑依里社②，箫鼓赛田神③。
洒酒④浇刍狗，焚香拜木人⑤。
女巫纷屡舞，罗袜⑥自生尘。

〔一〕边村：顾元纬本、凌本俱作村边，误。

① 游望：放眼观望。② 里社：祭祀土地神的场所。③ 田神：即农神。④ 洒酒：把酒洒在地上，表示祭奠。⑤ 木人：即木制的神像。⑥ 罗袜：丝罗织的袜。

观猎﹝一﹞

风劲﹝二﹞角弓①鸣,将军猎渭城②。
草枯鹰眼疾,雪尽马蹄轻。
忽过新丰市﹝三﹞③,还归细柳营④。
回看射雕处,千里暮云平。

〔一〕《唐诗纪事》作猎骑。　〔二〕劲:一作动。　〔三〕市:《云溪友议》作戍。

① 角弓:用兽角装饰的硬弓。② 渭城:在今陕西咸阳东北。③ 新丰市:在今陕西西安临潼东北,盛产美酒。④ 细柳营:在今陕西咸阳西南渭河北岸,汉代名将周亚夫屯军的地方。

春日上方﹝一﹞①即事

好读高僧传②,时看辟谷方③。
鸠形将刻杖④,龟壳用支床⑤。
柳色春山映,梨花﹝二﹞夕鸟藏。
北窗桃李下,闲坐﹝三﹞但焚香。

〔一〕方:《文苑英华》作房,误。　〔二〕梨花:《瀛奎律髓》作花明。　〔三〕坐:《瀛奎律髓》作步。

① 上方:对僧舍的尊称。② 高僧传:由南朝梁僧人慧皎所编撰,记载了二百五十七位高僧的事迹。③ 辟谷方:不食用五谷,道教的一种修炼方式。④"鸠形"句:汉代要慰问老人,七十岁以上的人要赏赐玉杖,八十岁以上的人要赐给以鸠鸟为饰的玉杖,此指高僧年高。⑤"龟壳"句:指像龟一样长寿。

泛前陂①

秋空自明〔一〕迥，况复远人间〔二〕。
畅以沙际鹤，兼之云外山。
澄波〔三〕②淡将夕，清月皓方闲。
此夜任孤棹，夷犹③殊未还。

〔一〕自明：一作明月。　〔二〕间：《文苑英华》作寰。
〔三〕波：一作陂。

① 陂（bēi）：池塘，水域。② 澄波：清波。③ 夷犹：从容自得。

游李山人所居因题屋壁

世上〔一〕皆如梦，狂来或自歌〔二〕。
问年松树老，有地竹林〔三〕多。
药倩①韩康②卖，门容向〔四〕子③过。
翻嫌枕席上，无那〔五〕白云何。

〔一〕世上：一作世人，一作世事。　〔二〕狂：《文苑英华》作往。或：一作止。　〔三〕林：《文苑英华》作阴。
〔四〕向：一作尚。　〔五〕那：一作奈。

① 倩：请人代劳。② 韩康：东汉人士，因卖药三十多年从不接受还价而闻名，后被皇甫谧的《高士传》收录。③ 向子：东汉向长，字子平。不以家事自累，隐居远游。

登河北城楼作

井邑①傅岩②上,客亭③云雾间。
高城眺落日,极浦④映苍山。
岸火⑤孤舟宿,渔家夕鸟还。
寂寥天地暮〔一〕,心与广川⑥闲。

〔一〕暮:凌本作外。

① 井邑:居民的房子院落。② 傅岩:一作傅险,古地名,相传为商代傅说版筑之地。③ 客亭:供人休息的小亭子。④ 极浦:极远方的水滨。⑤ 岸火:岸边渔家灯火。⑥ 广川:指黄河。

登裴迪秀才小台作

端居①不出户,满目望〔一〕云山。
落日鸟边下,秋原人外闲。
遥知远林际,不见此檐间。
好客多乘月②,应门③莫上关。

〔一〕望:一作空。

① 端居:平常居处,指居家。② 乘月:乘着月色。③ 应门:照应门户,指守候和应接叩门的仆人。

被出济州〔一〕

微官易得罪,谪去济川①阴。
执政②方持法,明君无〔二〕此心。
闾阎③河润上,井邑海云深。
纵有归来日,多〔三〕愁年鬓侵。

〔一〕《河岳英灵集》作初出济州别城中故人。 〔二〕无:一作照。 〔三〕多:诸本皆作各,《河岳英灵集》《唐诗品汇》俱作多,今从之。

① 济川:济水,曾是中国历史上的一大河流,后被黄河夺道,上游成为黄河支流,中下游则与黄河并流。② 执政:掌握国家大权的人。③ 闾阎:原指里巷内外的门,后多指里巷。

千塔①主人

逆旅②逢佳节,征帆未可前。
窗临汴河③水,门渡楚人船。
鸡犬散墟落④,桑榆荫远田。
所居人不见,枕席生云烟。

① 千塔:所指不详,应该是某寺庙的名字。② 逆旅:客舍。③ 汴河:主要在河南境内,是泗水的一条支流。④ 墟落:村庄人家。

使至塞上

单车①欲问边，属国过居延〔一〕②。
征蓬〔二〕③出汉塞，归雁入胡天。
大漠孤烟直，长河落日圆。
萧关④逢候骑〔三〕，都护在燕然。

〔一〕《文苑英华》作衔命辞天阙，单车欲问边。又，问字一作向。　〔二〕蓬：《文苑英华》作鸿。　〔三〕骑：顾可久本、《唐诗品汇》俱作吏。

① 单车：形容车从简单。② 居延：古地名，在今内蒙古额济纳旗北。③ 征蓬：诗人自喻随风的蓬草。④ 萧关：古关名，在今宁夏固原。

晚春闺思〔一〕

新妆可怜①色，落日卷罗〔二〕帷②。
炉〔三〕气清珍簟③，墙阴上玉墀④。
春虫飞网户⑤，暮雀隐花枝。
向晚多愁思，闲窗桃李时。

〔一〕《河岳英灵集》作春闺。　〔二〕罗：《河岳英灵集》作帘。　〔三〕炉：一作淑。

① 可怜：可爱。② 罗帷：一种丝制的帷幔。③ 珍簟（diàn）：精美的竹席。④ 玉墀（chí）：台阶的美称。⑤ 网户：雕刻有网状花纹的窗户。

戏题示萧氏外甥

怜尔解临池①,渠②爷未学诗。
老夫何足似,敝宅倘因之。
芦笋穿〔一〕荷叶,菱花胃③雁儿。
郄公④不易胜,莫著外家⑤欺。

〔一〕穿:顾元纬本、凌本俱作藏。

① 临池:东汉人张芝学习书法,整个池子都被墨水染黑,后比喻学习刻苦。② 渠:第三人称代称,相当于"他"。③ 胃(juàn):缠绕。④ 郄(xì)公:古代蜀地豪侠。⑤ 外家:泛指母系的亲属。

秋夜独坐〔一〕

独坐悲双鬓,空堂①欲二更。
雨中山果落,灯下草虫鸣。
白发终难变,黄金不可成②。
欲知除老病,惟有学无生。

〔一〕《唐诗正音》作冬夜书怀,误。

① 堂:泛指房屋的正厅。②"黄金"句:汉武帝时方士栾大说,黄金可以炼成,不死药也可以炼成,仙人可以寻求。但后都未成功,被武帝处决。黄金,指炼丹砂为黄金之术。

待储光羲①不至

重门②朝已启,起坐听车声。
要欲闻清佩③,方将出户迎。
晓钟鸣上苑④,疏雨过春城。
了自不相顾,临堂空复情⑤。

① 储光羲:王维友人,同王维一样都是盛唐时著名山水派诗人。② 重门:指层层的门。③ 清佩:玉佩发出清脆的声响。④ 上苑:皇家园林。⑤ 空复情:自作多情。

听宫莺

春树绕宫墙,春莺啭①曙光〔一〕。
忽惊啼暂断,移处弄还长。
隐叶栖承露②,攀〔二〕花出未央③。
游人未应返,为此思故乡〔三〕。

〔一〕《文苑英华》作宫莺次第翔。　〔二〕攀:一作排。
〔三〕《文苑英华》作为此始思乡。

① 啭(zhuàn):婉转的鸟叫声。② 承露:即承露盘,外形是用铜制成仙人托举盘子的形象,汉武帝为求道特意建造,以承接甘露。③ 未央:未央宫,是西汉的大朝正殿,国家政治中心的象征。

早朝

柳暗百花明,春深五凤城①。
城乌〔一〕睥睨②晓,宫井辘轳声。
方朔金门侍〔二〕③,班姬④玉辇迎。
仍闻遣方士,东海访蓬瀛⑤。

〔一〕乌:《文苑英华》作鸦。 〔二〕侍:《文苑英华》作召。

① 五凤城:即皇城。② 睥睨(pì nì):城墙上锯齿形的短墙,女墙。③ "方朔"句:即东方朔(前154—前93),汉武帝时期著名辞赋家,官至太中大夫。金门侍,汉武帝曾下令东方朔在金马门待召。④ 班姬:指班婕妤,此处泛指宫中的妃嫔宫女。⑤ 蓬瀛:海上的仙山。

愚公谷①三首〔一〕

愚谷与谁去,唯将②黎子同。
非须一处住,不那两心空③。
宁问春将夏,谁论西复东。
不知吾与子,若个④是愚公。

〔一〕原注:青龙寺内与黎昕戏题。

① 愚公谷:地名,在山东淄博西,多用来代指隐逸之地。② 将:与,一起。③ 两心空:两人的内心都空寂。④ 若个:疑问代词,哪个。

吾〔一〕家愚谷里，此谷本来平。
虽则行无迹，还能响应声。
不随云色暗，只待日光明。
缘底①名愚谷，都由愚所成。

〔一〕吾：顾可久本作愚。

① 缘底：因何，因为什么。

借问愚公谷，与君聊一寻①。
不寻翻②到谷，此谷不离心。
行处曾无险，看时岂有深。
寄言尘世客，何处欲归临③。

① 聊一寻：姑且寻访一次。② 翻：同"反"。③ 归临：归宿，归处。

杂诗

双燕初命子，五桃初作花〔一〕。
王昌是东舍，宋玉次①西家。
小小能织绮，时时出浣纱②。
亲劳使君问，南陌驻香车③。

〔一〕初：一作新。作：凌本作结。

① 次：近旁。② 浣纱：洗衣服。③ 香车：泛指华美的车或轿。

过秦[一]皇墓

古墓成苍岭,幽宫①象紫台②。
星辰七曜③隔,河汉九泉开。
有海人宁渡④,无春雁⑤不回。
更闻松韵切,疑是大夫哀。

〔一〕秦:《文苑英华》作始。

① 幽宫:指秦始皇墓。② 紫台:王宫。③ 七曜:本指日、月、金、木、水、火、土七种星体,此指各类星辰相隔排列。④ 有海:据史籍记载,秦始皇陵墓中以水银为海。⑤ 雁:据《汉书·刘向传》载,始皇陵中有用黄金做成的凫雁。

故太子太师①徐公②挽歌四首

功德冠群英,弥纶③有大名。
轩皇用风后④,傅说是星精⑤。
就第优遗老,来朝诏不名。
留侯常辟谷,何苦不长生。

① 太子太师:一种高品级的荣誉虚衔,掌教谕太子。② 徐公:即唐代名将、政治家萧嵩,被封为徐国公。③ 弥纶:经纬、治理国家。④ "轩皇"句:即轩辕黄帝,上古传说的"五帝"之首。风后,伏羲的后裔,黄帝时的宰相。⑤ "傅说"句:傅说,商朝政治家,辅助武丁安邦治国。星精,星之灵气,指不同于凡人。

谋猷①为相国,翊赞②奉乘舆[一]。

剑履③升前殿，貂蝉托后车。
齐侯疏土宇，汉室赖图书④。
僻处留田宅⑤，仍才十顷〔二〕余。

〔一〕赞：一作戴。乘：《文苑英华》作宸。　〔二〕顷：《文苑英华》作亩。

① 谋猷（yóu）：在政治军事上计划、策略的能力。② 翊（yì）赞：辅助。③ 剑履：即大臣上朝可以不脱鞋、带佩剑，表示特权。④ "汉室"句：指刘邦进入咸阳城后，萧何收集秦朝的律令图书，从而掌握天下的人口钱粮。⑤ 留田宅：言萧何购买田宅，一定是贫穷偏僻的地方。

旧里趋庭①日，新年置酒辰。
闻诗鸾渚客②，献赋凤楼人③。
北阙④辞明主，东堂哭大臣。
犹思御朱辂⑤，不惜汗车茵。

① 趋庭：出自《论语·季氏》，孔子立于庭，孔鲤快步走而经过庭院，后指承受父教。② 鸾渚（luán zhǔ）客：萧嵩之子萧华为给事中，系门下省要职，故称鸾渚客。鸾渚，门下省。③ 凤楼人：萧嵩之子萧衡娶新昌公主，故称凤楼人。凤楼，帝女所居之地。④ 北阙：臣子等候上朝或上书奏事的地方，后指朝廷。⑤ 朱辂（lù）：天子所乘的车。

久践中台座①，终登上将坛。
谁言〔一〕断车骑，空忆盛衣冠。
风日咸阳惨，笳箫②渭水寒。
无人当便阙，应罢太师官。

〔一〕言：《文苑英华》作将。

① 中台座：指丞相之位。② 茄箫：即胡茄，一种北方民族的管乐器，形似笛子。

故西河郡①杜太守挽歌三首

天上去西征，云中②护北平。
生擒白马将③，连破黑雕城。
忽见刍灵④苦〔一〕，徒闻竹使⑤荣。
空留左氏传⑥，谁继卜商⑦名。
〔一〕苦：顾可久本、《文苑英华》俱作善。

① 西河郡：在今山西汾阳一带。② 云中：在今内蒙古呼和浩特一带。③ 白马将：指敌军将领。④ 刍灵：古代送葬用的用茅草扎的人和马。⑤ 竹使：朝廷给予地方郡守的符节。⑥ 左氏传：即《左传》。⑦ 卜商：即子夏，孔子贤弟子，善文学。

返葬金符守〔一〕，同归石窌①栖。
卷衣悲画翟②，持翣③待鸣鸡。
容卫④都人惨，山川驷马嘶。
犹闻陇上⑤客，相对哭征西。
〔一〕守：刘本顾可久本俱作字，非。

① 石窌（liù）：古邑名，在今山东长清东南，后泛指封地。② 翟（dí）：长尾野鸡，古代妇女常在衣服上画翟作为装饰。③ 翣（shà）：古代殡车棺椁边上的装饰品，形同羽扇。④ 容卫：古代的仪仗、侍卫。⑤ 陇上：在今陕西、甘肃以西的地方。

涂刍①去国门，秘器②出东园。

太守留金印,夫人罢锦轩③。
旌旄④转衰木,箫鼓上寒原。
坟树应西靡,长思魏阙⑤恩。

①涂刍:指涂车和刍灵,皆是古代送葬的东西。②秘器:棺材。③锦轩:锦绣的车驾。④旌旄(jīng máo):泛指各类旗帜。⑤魏阙:皇宫里巍然高耸的观楼,常挂出法令,后用作朝廷的代称。

故南阳夫人樊氏挽歌二首

锦衣余翟茀〔一〕①,绣毂罢鱼轩②。
淑女诗长在,夫人法尚存。
凝笳随晓旆③,行哭向秋原。
归处将何见,谁能返戟门④。

〔一〕茀:一作茀。

①翟茀(fú):翟指用精美羽毛装饰的车,茀指车上用以隔绝的精美帘幕。②鱼轩:古代贵妇乘坐的以鱼皮装饰的车。③旆(pèi):泛指旗帜。④戟门:指显贵之家。

石窌恩荣重,金吾①车骑盛。
将朝毋赠言,入室还相敬。
叠鼓②秋城动,悬旌寒日映。
不言长不归,环佩犹将听。

①金吾:禁军,近卫。②叠鼓:一种击鼓的方式,先轻轻地击鼓,随后又快速敲击。

达奚侍郎①夫人寇氏挽歌二首

束带②将朝日，鸣环映牖辰③。
能令谏明〔一〕主，相劝〔二〕识贤人。
遗挂空留壁，回文日复尘。
金蚕④将画柳，何处更知春。

〔一〕明：一作皇。　〔二〕劝：《文苑英华》作助。

①达奚侍郎：即达奚珣，时任吏部侍郎。②束带：束腰的带子。③牖辰：指清晨的明亮透过窗户。④金蚕：金属铸造的蚕，古代的一种殉葬品。

女史①悲彤管，夫人罢锦轩。
卜茔②古〔一〕二室，行哭度千门。
秋日光能淡，寒川波〔二〕自翻。
一朝成万古，松柏暗平原。

〔一〕古：《文苑英华》作瞻。　〔二〕波：《文苑英华》作浪。

①女史：古代女官名，后宫掌记事。②卜茔（yíng）：卜算下葬的地方。古人墓葬讲究风水吉凶，选址墓地时要精心挑选地界。

恭懿太子①挽歌五首

何悟藏环②早，才知拜璧③年。
翀天④王子去，对日圣君怜。
树转宫犹出，笳悲马不前。

虽蒙绝驰道,京兆别开阡。

① 恭懿太子:即李侗(zhāo),唐肃宗第十二子,年八岁早薨。② 藏环:据《晋书·羊祜传》载,羊祜五岁时让乳母取一枚金环,此环是邻居李氏亡故子的遗物,旁人并不知晓。时人就说羊祜是邻居亡子的转世。③ 拜璧:用楚共王拜璧事,说李侗年少。④ 翀(chōng)天:成仙而去。

兰殿①新恩切,椒宫②夕临幽。
白云随凤管③,明月在龙楼④。
人向青山哭,天临渭水愁。
鸡鸣常问膳,今恨玉京⑤留。

① 兰殿:华美的宫殿。② 椒宫:指皇后居住的宫殿。③ 凤管:笙箫之乐的美称。④ 龙楼:指太子所居住的宫殿。⑤ 玉京:仙都。

骑吹凌霜发,旌旗夹路陈①。
恺〔一〕容金节②护,册命③玉符④新。
傅母⑤悲香襦,君家拥画轮⑥。
射熊今梦帝⑦,称象⑧问何人。

〔一〕恺:一作礼。

① 夹路陈:陈列在道路两旁。② 金节:金属制的节符,一般为郡守所持,此指京兆尹。③ 册命:古代任命官员的文书。④ 玉符:玉制的信物。⑤ 傅母:古代负责教导贵族子女的老年人。⑥ 画轮:彩饰的车子。⑦ "射熊"句:指春秋时赵简子梦熊之事,后成咏太子的典故。⑧ 称象:指曹冲称象之事。

苍舒①留帝宠,子晋②有仙才。

五岁过人智，三天使鹤催。

心悲阳〔一〕禄馆③，目断望思台④。

若道长安近，何为更不来。

〔一〕阳：一作四，非。

① 苍舒：古代传说的贤人。② 子晋：王子乔，字子晋，相传为周灵王太子，喜吹笙，后升天成仙。③ 阳禄馆：汉代上林苑的观苑名。④ "目断"句：汉武帝时，太子刘据因巫蛊之祸枉死，武帝知道真相后后悔不已，命人修建望思台表示对太子的思念。

西望昆池①阔，东瞻下杜②平。

山朝豫章馆③，树转凤凰城④。

五校⑤连旗色，千门叠鼓声。

金环如有验，还向画堂生。

① 昆池：即昆明池，在今陕西西安，始建于汉武帝时期。② 下杜：杜城，治所在今陕西西安东南。③ 豫章馆：昆明池上的一所宫观。④ 凤凰城：指京都之城。⑤ 五校：指护卫送葬的军士很多。

孟襄阳五律

一百三十八首

与诸子登岘山①

人事有代谢②,往来成古今。
江山留胜迹,我辈复登临。
水落鱼梁③浅,天寒梦泽④深。
羊公碑⑤字〔一〕在,读罢泪沾襟。

〔一〕字:一作尚。

① 岘(xiàn)山:即岘首山,在今湖北襄阳南。② 代谢:交替变化。③ 鱼梁:沙洲名,位于湖北襄阳鹿门山的沔水中。④ 梦泽:即云梦泽,位于湖北江汉平原的大水泽。⑤ 羊公碑:又名堕泪碑,西晋羊祜登临,叹自有宇宙,便有此山,而登此山多人,皆湮灭无闻,使人悲伤。

望洞庭〔一〕湖赠张丞相①

八月湖水平,涵虚②混太清。
气蒸③云梦泽,波撼〔二〕岳阳城。
欲济无舟楫④,端居⑤耻圣明。
坐观〔三〕垂钓者〔四〕,空〔五〕有羡鱼情。

〔一〕一作临洞庭。 〔二〕撼:一作动。 〔三〕坐观:一作徒怜。 〔四〕者:一作叟。 〔五〕空:一作徒。

① 张丞相:即张九龄,唐代著名诗人。② 涵虚:指天空倒映在水中。涵,包含。虚,天空。③ 气蒸:指云气弥散。④ "欲济"句:指想要做官无人引荐。⑤ 端居:闲在家中。

春中喜王九相寻[一]

二月湖水清,家家春鸟鸣。
林花扫更落,径草踏还生。
酒伴来相命,开尊①共解酲②。
当杯已入手,歌妓莫停声。

〔一〕一题作晚春。

① 开尊:指举杯饮酒。② 解酲(chéng):解酒。酲,病酒。

岁暮归南山[一]

北阙①休上书,南山归敝庐。
不才明主弃,多〔二〕病故人疏。
白发催年老〔三〕,青阳②逼岁除。
永怀愁不寐〔四〕,松月夜窗〔五〕虚。

〔一〕一题作归故园作,一作归终南山。 〔二〕多:一作卧。 〔三〕老:一作去。 〔四〕寐:一作寝。 〔五〕窗:一作堂。

① 北阙:宫殿北面的门楼,此指朝廷。② 青阳:指春天。

梅道士水亭

傲吏①非凡吏,名流②即道流。
隐居不可见,高论莫能酬。

水接仙源近，山藏鬼谷③幽。
再来迷处所，花下问渔舟。

① 傲吏：本指庄周，《史记·老子列传》载楚威王遣使迎庄，庄子曰："亟去，无污我。"后泛指桀骜不驯的官员。② 名流：名士之辈。③ 鬼谷：传说是鬼谷子的隐居之地。

闲园怀苏子

林园虽少事，幽独自多违。
向夕开帘坐，庭阴落景〔一〕微①。
鸟过〔二〕烟树②宿，萤傍水轩飞。
感念同怀子，京华去不归。

〔一〕落景：一作叶落。　〔二〕过：一作从。

① 落景微：指落日的余晖快要消失。② 烟树：山中的云气多，云雾缭绕树木。

留别王侍御维〔一〕

寂寂竟何待，朝朝空自归。
欲寻芳草①去，惜与故人违。
当路②谁相假，知音世所稀。
只应守索〔二〕寞，还掩故园扉。

〔一〕一无侍御字。　〔二〕索：一作寂。

① 芳草：比喻美好的品德。② 当路：身居高位的当权者。

武陵①泛舟

武陵川路狭，前棹②入花林。
莫测幽源里，仙家信③几深。
水回青嶂④合，云度绿溪阴。
坐听闲猿啸，弥清尘外心。

① 武陵：在今湖南常德境内。② 棹（zhào）：划船。③ 信：确实。④ 青嶂：如屏障一样的青山。

同曹三御史行泛湖归越

秋入诗人意〔一〕，巴歌①和者稀。
泛湖同逸旅〔二〕，吟会②是思归。
白简③徒推荐，沧洲④已拂衣。
杳冥⑤云外〔三〕去，谁不羡鸿飞⑥。

〔一〕意：一作兴。　〔二〕逸旅：一作旅泊。　〔三〕外：一作海。

① 巴歌：楚歌，此是孟浩然谦称自己所作诗歌为"下里巴人"。

② 吟会：结社歌吟。③ 白简：古代御史弹劾官员的奏章。曹三官御史，故称。④ 沧州：指隐居。⑤ 杳冥：渺茫高远的样子。⑥ 鸿飞：指超脱尘俗，有高远逸趣。

游景空〔一〕寺兰若①

龙象②经行处，山腰度石关。
屡迷青嶂合，时爱绿萝闲。
宴息花林下，高谈竹屿间。
寥寥隔尘事，疑是入鸡山③。

〔一〕空：一作光。

① 兰若：佛寺。② 龙象：指大力的事物，此指高僧。③ 鸡山：即鸡足山，佛教圣地。

陪张丞相登嵩阳楼

独步人何在，嵩阳有故楼①。
岁寒问耆旧②，行县③拥诸侯。
林〔一〕莽北弥望，沮漳④东会流。
客中遇知己，无复越乡忧。

〔一〕林：一作浃。

① 故楼：即湖北荆州当阳县城楼。② 耆（qí）旧：年老而德

高望重的人。③ 行县：古代州郡使巡视属县。④ 沮（jū）漳：即沮水和漳水，均在今湖北境内。

与颜钱塘登障楼〔一〕望潮作

百里雷声震，鸣弦①暂辍弹。
府中连骑出，江上待潮观。
照日秋云〔二〕迥，浮天〔三〕渤澥②宽。
惊涛来似雪，一坐凛生寒。

〔一〕障楼：一作樟亭。　〔二〕云：一作空。　〔三〕天：一作云。

① 鸣弦：弹琴。《吕氏春秋》载孔子弟子宓子贱治理单父，"弹鸣琴，身不下堂而单父治"。此称颂颜县令善于为政。② 渤澥（xiè）：渤海，此指钱塘江汇入的东海。

题大禹寺①义公禅房

义公习禅处〔一〕，结构〔二〕②依空林。
户外一峰秀，阶前群〔三〕壑深。
夕阳连〔四〕雨足，空翠落庭阴。
看取莲花净，应〔五〕知不染心。

〔一〕处：一作寂。　〔二〕构：一作宇。　〔三〕群：一作众。　〔四〕连：一作照。　〔五〕应：一作方。

①大禹寺：寺名，在今浙江会稽山上。②结构：此指禅房。

寻白鹤岩张子容〔一〕隐居

白鹤青岩畔，幽人有隐〔二〕居。
阶庭空水石，林壑罢樵渔。
岁月青松老，风霜苦竹疏〔三〕。
睹兹怀旧业，回〔四〕策返吾庐。

〔一〕容：一作颜。　〔二〕隐：一作旧。　〔三〕疏：一作馀。　〔四〕回：一作杖，一作携。

九日得新字

初九〔一〕未成旬，重阳即此晨。
登高闻古〔二〕事，载酒访幽人。
落帽①恣欢饮，授衣②同试新。
茱萸③正可佩，折取寄情亲。

〔一〕初九：一作九日。　〔二〕闻古：一作寻故。

①落帽：帽子掉落。《晋书·孟嘉传》载，九月九日孟嘉与桓温等登山，风吹落孟嘉的帽子而不知，桓温让人写文嘲弄孟嘉，而孟嘉的答文却异常精彩，震惊四座。后"落帽"成为重阳登高的典故。②授衣：制备寒衣，意谓九月后天气逐渐转冷需备寒衣。③茱萸：植物名，重阳节佩带以避邪。

除夜乐城逢张少府

云海泛〔一〕瓯闽①，风潮〔二〕泊岛滨。
何知岁除夜，得见故乡亲。
余是乘槎客②，君为失路人③。
平生复能几，一别十余春。

〔一〕泛：一作访。　〔二〕潮：一作涛。

① 瓯闽（ōu mǐn）：指浙江东南部、福建一带。② 乘槎（chá）客：指出门远行的人。③ 失路人：迷路人。此指仕途失意的人，被贬谪的人。

舟中晓〔一〕望

挂席①东南望，青山水国遥。
舳舻②争利涉③，来往接〔二〕④风潮。
问我今何去〔三〕，天台访石桥。
坐看霞色晓〔四〕，疑是赤城⑤标。

〔一〕晓：一作晚。　〔二〕接：一作任。　〔三〕去：一作适。　〔四〕晓：一作晚。

① 挂席：挂帆，扬帆。② 舳舻（zhú lú）：指首尾相接的船只。③ 利涉：出自《易经》"利涉大川"，指顺利渡河。④ 接：靠近。⑤ 赤城：指赤城山，在浙江天台北。

游精思观回王白云在后

出谷未停午，到〔一〕家日已曛①。
回瞻②下山〔二〕路，但见牛羊群。
樵子③暗相失，草虫寒不闻。
衡门犹未掩，伫立望〔三〕夫君。

〔一〕到：一作至。　〔二〕下山：一作山下。　〔三〕望：一作待。

① 曛（xūn）：黄昏，傍晚。② 回瞻：回首，回看。③ 樵子：砍柴的农夫。

与杭州薛司户登樟〔一〕亭楼作

水楼一登眺〔二〕，半出青林高。
帟幕①英僚敞，芳筵下客叨。
山藏伯禹穴②，城压伍胥涛③。
今日观溟涨④，垂纶学〔三〕钓鳌。

〔一〕樟：一作梓。　〔二〕眺：一作望。　〔三〕学：一作欲。

① 帟（yì）幕：即幕帐。② 伯禹穴：即禹穴，在今浙江绍兴的会稽山上，相传为大禹的埋葬地。③ 伍胥涛：即伍子胥，传闻伍子胥被夫差赐剑自杀后，其尸体被抛入江海，伍子胥的怨气就变成江海之潮不停奔涌。④ 溟涨：大海。

寻天台山

吾友〔一〕太乙子，餐霞①卧赤城。
欲寻华顶②去，不惮恶溪③名。
歇马凭云宿，扬帆截海行。
高高翠微④里，遥见石梁⑤横。

〔一〕友：一作爱。

①餐霞：指餐风饮露，修道修仙。②华顶：即华顶峰，天台山的主峰。③恶溪：在浙江台州境内，瓯江的一条支流，因河水常暴涨，危害人和牲畜，被称为恶溪。④翠微：青绿的山色，泛指青山。⑤石梁：即石桥，在天台山内，长数十丈，下临深渊。

宿立公房

支遁①初求道，深公②笑买山。
何如石岩趣，自入户庭间。
苔涧春泉满，萝轩③夜月闲。
能令许玄度④，吟卧不知还。

①支遁（314—366）：字道林，东晋时高僧。②深公：即竺法潜（286—374），东晋时的高僧，以医术闻名。③萝轩：长满萝蔓的亭台。④许玄度：即许询，字玄度，东晋玄言诗的代表诗人。

寻陈〔一〕逸人故居

人事①一朝尽，荒芜三径休。
始闻漳浦卧，奄作岱宗②游。
池水犹含〔二〕墨③，风〔三〕云已落秋。
今宵〔四〕泉壑里，何处觅藏舟④。

〔一〕陈：一作滕。　〔二〕含：一作涵。　〔三〕风：一作山。　〔四〕宵：一作朝。

① 人事：指世间的遭逢境遇。② 岱宗：指泰山，因其为五岳之首，故称。③ "池水"句：王羲之《与人书帖》载，张芝临池学书，"池水尽墨"。④ 藏舟：小舟在深壑里。此指陈逸人。

姚开府①山池

主人新邸第②，相国旧池台。
馆是招贤辟，楼因教舞开。
轩车③人已散，箫管凤初来。
今日龙门下，谁知文举④才。

① 姚开府：唐姚崇。曾任武后、睿宗、玄宗三朝宰相，以开府仪同三司致仕。② "主人"句：指姚崇山池为唐睿宗金仙公主居住。邸第，王公贵侯的住宅。③ 轩车：车。古代大夫乘车曰轩。④ 文举：汉末孔融，字文举。孔融有文才，为"建安七子"之一。

夏日浮舟过陈大水亭

水亭凉气多,闲棹晚来过。
涧影见松竹,潭香闻芰荷。
野童扶醉舞,山鸟助酣歌。
幽赏未云遍,烟光奈夕何。

夏日辨玉法师茅斋

夏日茅斋①里,无风坐亦凉。
竹林深〔一〕笋穊〔二〕②,藤架引梢长。
燕觅巢窠③处,蜂来造蜜房。
物华④皆可玩,花蕊四时芳。

〔一〕深:一作新。 〔二〕穊:一作稚。

① 茅斋:草舍,指简陋的处所。② 笋穊(jì):指地上的笋长得很多。穊,稠密。③ 巢窠(kē):巢穴。④ 物华:自然景物。

与张折冲游耆阇寺

释子①弥天秀,将军武库②才。
横行塞北尽,独步汉南来。
贝叶传金口,山楼〔一〕作赋开。

因君振嘉藻③,江楚气雄哉。

〔一〕楼:一作樱。

① 释子:僧徒的通称。② 武库:储藏武器的仓库。比喻富有才干的人。③ 嘉藻:对他人诗文、书札的美称。

与白明府游江

故人来自远,邑宰①复初临。
执手恨为别,同舟无异心。
沿洄②洲渚趣,演漾③弦歌音。
谁识〔一〕躬耕者,年年梁甫吟④。

〔一〕识:一作为。

① 邑宰:即县令。此指白明府。② 沿洄(huí):指顺流而下或逆流而上。③ 演漾:水波荡漾。④ 梁甫吟:相传为诸葛亮创作的一首诗,此谓隐居者自得其乐。

游精思题观主山房

误入桃源里,初怜竹径深。
方知仙子宅,未有世人寻。
舞鹤过闲砌,飞猿啸密林。
渐通玄妙理,深得坐忘心。

寻梅道士〔一〕

彭泽先生柳①,山阴道士鹅②。
我来从所好,停策③汉阴〔二〕多。
重以观〔三〕鱼乐④,因之鼓枻歌⑤。
崔徐迹未朽,千载挹清波。

〔一〕一作寻梅道士张山人。 〔二〕汉阴:一作夏云。 〔三〕观:一作窥。

①"彭泽"句:陶渊明曾做过彭泽县县令,因以彭泽称呼其人,陶渊明家门前种植五棵柳树,自号"五柳先生"。②"山阴"句:王羲之曾写《道德经》换取山阴道士养的鹅。③停策:止步。④观鱼乐:庄子和惠子辩论鱼是否快乐。⑤鼓枻(yì)歌:指隐士歌吟。

陪姚使君①题惠上人②房〔一〕

带雪梅初暖,含烟柳尚青。
来窥童子偈③,得听法王经④。
会理知无我,观空⑤厌有形。
迷心应觉悟,客思未〔二〕遑宁⑥。

〔一〕题下一有得青字三字。 〔二〕未:一作不。

①使君:对州郡长官的尊称。②上人:对僧人的尊称。③偈(jì):诵经。④法王经:佛经。⑤观空:佛教指万物皆空。⑥遑宁:闲暇。

晚春题远上人南亭

给园支遁隐，虚寂①养身〔一〕和。
春晚群木秀，间〔二〕关黄鸟歌。
林栖居士竹，池养右军②鹅。
炎③月北窗下〔三〕，清风期再过。

〔一〕身：一作闲。　〔二〕间：一作关。　〔三〕炎：一作花。

① 虚寂：清净无为的心态。② 右军：王羲之别称王右军。③ 炎月：即暑月，盛夏的时候。

人日①登南阳驿门亭子怀汉川诸友

朝来登陟处，不似艳阳时。
异县殊风物②，羁怀③多所思。
剪花惊岁早，看柳讶春迟。
未有南飞雁，裁书〔一〕④欲寄谁。

〔一〕书：一作衣。

① 人日：农历正月初七。② 风物：景物。③ 羁怀：旅居在外的心情。④ 裁书：作书，写信。

游凤林寺①西岭

共喜年华好，来游水石间。
烟容②开远树，春色满幽山。

壶酒朋情洽,琴歌野兴闲。
莫愁归路暝③,招月伴人还。

① 凤林寺:在今湖北襄樊东南。② 烟容:云烟弥漫的景色。③ 暝:日落,天黑。

陪独孤使君同与萧员外证登万山亭

万山青嶂曲,千骑使君游。
神女鸣环珮,仙郎接献酬①。
遍观云梦野,自爱江城楼。
何必东南守,空传沈隐侯②。

① 献酬:宴饮时主客之间互相敬酒。② 沈隐侯:即沈约(441—513),南朝齐梁时文学家。

赠道士参寥①

蜀琴②久不弄,玉匣细尘生。
丝脆弦将断,金徽色尚荣。
知音徒自惜,聋俗③本相轻。
不遇锺期听④,谁知鸾凤⑤声。

① 参寥:指僧道潜,参寥是道号。浙西於潜人。② 蜀琴:指蜀地所产的琴。③ 聋俗:指俗人听不懂大雅之声,犹如聋子一样。

④ 锺期听：即锺子期，伯牙鼓琴，只有锺子期能听懂琴声，因此称为"知音"。⑤ 鸾凤：鸾与凤的鸣叫，声音和悦，此处指琴声。

京还赠张〔一〕维

拂衣何处去〔二〕，高枕南山南。
欲徇五斗禄①，其如七不堪②。
早朝非晚〔三〕起，束带异抽簪③。
因向智者说，游鱼思旧潭④。

〔一〕张：一作王。　〔二〕何处去：一作去何处。〔三〕晚：一作晏。

①"欲徇"句：陶渊明担任彭泽县令时，俸禄为五斗米。徇（xùn），顺从。② 七不堪：才能不堪为官。嵇康《与山巨源绝交书》言"有必不堪者七，甚不可者二"。不愿与司马氏政权合作。③ 抽簪：古代做官之人必须束发整冠帽，抽簪指弃官。④ 思旧潭：指思念故乡。

题李十四庄兼赠綦毋①校书

闻君息阴〔一〕地②，东郭柳林间。
左右瀍涧水③，门庭缑氏山④。
抱琴来取醉，垂钓坐乘闲。
归客莫相待，寻〔二〕源殊未还。

〔一〕阴：一作荫。　〔二〕寻：一作缘。

①綦毋:即綦毋潜,唐代诗人,诗风近王维。②息阴地:指隐居之地。③瀍(chán)涧水:指瀍水和涧水,均在洛阳。④缑(gōu)氏山:即缑山,位于河南洛阳东南方向,景色秀丽,常指修道成仙之处。

寄赵正字

正字芸香阁①,幽人竹素〔一〕园。
经过宛如昨,归卧寂无喧。
高鸟能择木,羝羊漫〔二〕触藩②。
物情今已见,从此〔三〕愿〔四〕忘〔五〕言。

〔一〕素:一作叶。 〔二〕漫:一作屡。 〔三〕从此:一作徒自。 〔四〕愿:一作欲。 〔五〕忘:一作无。

①芸香阁:秘书省的别称,我国古代专职管理国家藏书的机构。②"羝羊"句:羝(dī)羊,公羊。触藩,以角抵触藩篱,比喻进退两难。

秋登张明府海亭

海亭秋日望,委曲①见江山。
染翰②聊题壁③,倾壶一解颜④。
欢逢彭泽令,归赏故园间。
予亦将琴史,栖迟共取闲。

①委曲:委婉,婉转。②染翰:指作诗文。③题壁:古

人集会，喜欢把诗文题写在墙壁上。④ 解颜：开颜欢笑。

题融公兰若〔一〕

精舍①买金开〔二〕，流泉绕砌回。
芰荷薰讲席，松柏映〔三〕香台。
法雨②晴飞〔四〕去，天花③昼下来。
谈玄殊未已〔五〕，归骑夕阳催。

〔一〕一作题容山主兰若。　〔二〕开：一作地。　〔三〕映：一作绕。　〔四〕飞：一作霏。　〔五〕一作一乘谈未了。

① 精舍：最初指儒家讲学的学社，后也指出家人修炼的场所。② 法雨：喻指佛法，佛法普度众生如雨水润泽万物。③ 天花：佛家中西方极乐世界的"天界仙花"。

九日龙沙作寄刘大眘虚①

龙沙豫章北，九日挂帆过。
风俗因时见，湖山发兴多。
客中谁送酒，棹里自成歌。
歌竟乘流去，滔滔②任夕波。

① 刘大眘（shèn）虚：即刘眘虚（714—767），洪州新吴（今江西奉新）人，盛唐时著名诗人，其诗多山水隐逸之趣，工于五律。② 滔滔：大水奔流的样子。

洞庭湖寄阎九①

洞庭秋正阔，余欲泛归船。
莫辨荆吴②地，惟余水共天③。
渺弥④江树没，合沓⑤海潮〔一〕连。
迟尔为舟楫，相将⑥济巨川。

〔一〕潮：一作湖。

① 阎九：即阎防，河南南阳人，唐代诗人。② 荆吴：指楚国和吴国，后泛指长江中下游一带。③ "惟余"句：化用王勃《滕王阁序》"秋水共长天一色"之句。④ 渺弥：渺远的样子。⑤ 合沓：重叠。⑥ 相将：相携，一起。

秋日陪〔一〕李侍御渡松滋江①

南纪西江阔，皇华御史雄。
截流②宁假楫，挂席③自生风。
僚寀争攀鹢④，鱼龙亦避骢⑤。
坐听白云唱，翻入棹歌中。

〔一〕陪：一作和，题上无秋日二字。

① 松滋江：又名马峪河，是荆江河段的分洪河道，自北向南流经湖南、湖北两省。② 截流：横渡大江。③ 挂席：扬帆驾船。④ 僚寀（cǎi）：同僚。鹢（yì）：一种高飞的水鸟。此处指鹢舟，在船头画有彩色鹢鸟作为装饰的船，亦用来泛指船。⑤ 避骢（cōng）：东汉人桓典担任御史时，不畏权贵，常骑乘骢马，人皆躲避。后用以赞美御史。

秦中^①感秋寄远上人〔一〕

一丘^②常欲卧，三径^③苦无资。
北土〔二〕非吾愿^④，东林^⑤怀我师。
黄金然桂^⑥尽，壮志逐年衰。
日〔三〕夕凉风至，闻蝉但益悲。

〔一〕一作崔国辅诗。　〔二〕土：一作上。　〔三〕日：一作旦。

① 秦中：指长安。② 一丘：一丘一壑，意指隐居山林。③ 三径：指归隐后寓居的田园。④ "北土"句：指不愿在京中做官。⑤ 东林：指庐山东林寺，东晋高僧慧远所居的地方。此借指上人所在的寺院。⑥ 然桂：即"燃桂"，把桂木枝当柴火烧，比喻处境困窘。

重酬李少府见赠

养疾衡檐〔一〕^①下，由来浩气真。
五行将禁火，十步任〔二〕寻春。
致敬惟桑梓^②，邀欢^③即主〔三〕人。
回〔四〕看后凋色，青翠有松筠。

〔一〕檐：一作茅。　〔二〕任：一作想，又作柱。　〔三〕主：一作故。　〔四〕回：一作还。

① 衡檐：比喻简陋的居室。② 桑梓：借指故乡。③ 邀欢：寻求欢乐。

宿永嘉江①寄山阴②崔少府国辅

我行穷③水国,君使入京华。
相去日千里,孤帆天一涯。
卧闻海潮至,起视江月斜。
借问同舟客,何时到永嘉④。

① 永嘉江:又名永宁江,即今浙江南部的瓯江。② 山阴:在今浙江绍兴。③ 穷:穷尽。④ 永嘉:指永嘉郡,在今浙江温州。

上巳①洛中寄王九迥〔一〕

卜洛②成周地,浮杯③上巳筵。
斗鸡寒食下,走马射堂④前。
垂柳金堤合,平沙翠幄⑤连。
不知王逸少⑥,何处会群贤。

〔一〕王九迥:一作王迥十九。

① 上巳:即上巳节,农历三月初三,这一天人们要去水边沐浴,还要祭祀、宴饮、游春等。② 卜洛:周公通过卜卦选择洛邑作为东都。③ 浮杯:指流觞,酒杯浮在水上流动。④ 射堂:射箭的场所。⑤ 翠幄:即翠幕,绿色的帷幕。⑥ 王逸少:即王羲之,此借指王迥。

闻裴侍御朏自襄州司户除豫州司户因以投寄

故人荆府〔一〕掾②，尚有柏台③威。
移职自樊衍〔二〕，芳声闻帝畿④。
昔余〔三〕卧林巷，载酒过〔四〕柴扉。
松菊无时〔五〕赏，乡园欲懒〔六〕归〔七〕。

〔一〕府：一作河。　〔二〕衍：一作沔。　〔三〕昔余：一作共子。　〔四〕过：一作访。　〔五〕时：一作君。〔六〕欲懒：一作懒欲。　〔七〕归：一作飞。

① 裴朏（fěi）：孟浩然好友，曾官尚书侍郎。② 掾（yuàn）：副官或官员的属官。③ 柏台：御史台的别称。④ 帝畿（jī）：指京都及其周遭地区。

江上寄山阴崔少府国辅

春堤杨柳发，忆与故人期。
草木本无意，荣枯自有时。
山阴定远近，江上日相思。
不及兰亭会〔一〕①，空吟祓禊②诗。

〔一〕会：一作事。

① 兰亭会：指晋永和九年王羲之、谢安等人在绍兴兰亭的集会，此指文人间的雅会。② 祓禊（fú xì）：古代中国民间习俗，春季上巳日在水边举行祭礼，除垢消灾。

送洗然弟进士举

献策①金门去,承欢②彩服③违。
以吾一日长,念尔聚星稀。
昏定④须温席⑤,寒多未授衣。
桂枝如已擢⑥,早逐雁南飞。

① 献策:唐代科举考试有时务科,对当下政治发表看法。② 承欢:指侍奉父母。③ 彩服:彩衣。指春秋时老莱子穿彩衣,扮作小儿状引逗父母开心。④ 昏定:古代侍奉父母的礼节。昏,晚间。定,就寝。⑤ 温席:东汉黄香用身体为父亲温暖床席,泛指侍奉父母。⑥ 桂枝如已擢:指高中进士。

夜泊庐江闻故人在东〔一〕寺以诗寄之

江路经庐阜①,松门入虎溪②。
闻君寻寂乐,清夜宿招提。
石镜③山精怯,禅枝〔二〕怖鸽栖。
一灯如悟道④,为照客心迷。

〔一〕东下一有林字。　〔二〕枝:一作林。

① 庐阜:即庐山。② 虎溪:庐山东林寺前的一条溪水,传闻慧远送客不过溪,过溪则虎鸣,故名虎溪。③ 石镜:位于庐山东的圆石,明净能照人形。④ "一灯"句:佛教认为佛法如明灯,能破迷妄。

宿桐庐江①寄广陵旧游

山暝闻〔一〕猿愁,沧江②急夜流。
风鸣两岸叶,月照一孤舟。
建德非吾土,维扬忆旧游。
还将两〔二〕行泪,遥寄海西头。

〔一〕闻:一作听。　〔二〕两:一作数。

① 桐庐江:即桐江,在今浙江桐庐境内。② 沧江:指桐庐江。

南还舟中寄袁太祝

沿①泝②非便习,风波厌苦辛。
忽闻迁谷鸟,来报五〔一〕陵春。
岭北回征帆〔二〕,巴东问故人。
桃源何处是〔三〕,游子正迷津。

〔一〕五:一作武。　〔二〕帆:一作棹。　〔三〕桃:一作花。何处是:一作在何处。

① 沿:顺流而下。② 泝(sù):逆流而上。

东陂①遇雨率尔②贻谢南池

田家春事起,丁壮就东陂。
殷殷雷声作,森森雨足垂。

海虹晴始见，河柳润初移。
予意在耕凿，因君问土宜〔一〕。

〔一〕一作问君田事宜。

① 东陂：东边的山坡。② 率尔：无拘束的样子。

行至汝坟①寄卢征君②

行乏憩予驾，依然见汝坟。
洛川方罢雪，嵩嶂③有残云。
曳曳④半空里，明明〔一〕五色分。
聊题一时兴，因寄卢征君。

〔一〕明明：一作溶溶。

① 汝坟：旧县名，在今河南襄城县南。② 卢征君：即卢鸿一，唐代画家、诗人，著名隐士。征君，古代不受朝廷征召的高士。③ 嵩嶂：嵩山。④ 曳曳：云朵绵延的样子。

寄天台道士

海上求仙客，三山望几时。
焚香宿华顶，裛露①采灵芝。
屡蹑〔一〕莓苔②滑，将寻汗漫期③。
倘因松子④去，长与世人辞。

〔一〕蹑：一作践。

①裛(yì)露：被露水沾湿。②莓苔：青苔。③汗漫期：渺茫不可知之期。④松子：即赤松子，传说中的仙人。

和张明府①登鹿门作〔一〕

忽示登高作，能宽旅寓情②。
弦歌既多暇，山水思③微〔二〕清。
草得风光动〔三〕，虹因雨气〔四〕成。
谬承④巴里⑤和，非敢应同声。

〔一〕作：一作山。　〔二〕微：一作弥。　〔三〕得：一作色。光：一作先。　〔四〕气：一作后。

①张明府：即张愿，张柬之的孙子。②旅寓情：指外出做官而思念家乡。③山水思：因登临山水而产生感想。④谬承：敬词，言辱承对方赠诗。⑤巴里：即下里巴人，乡野之人，此为诗人自谦。

和张三自穰县①还途中遇雪

风吹沙海雪，渐〔一〕作柳园春。
宛转随香骑②，轻盈伴玉人。
歌疑郢中客③，态比洛川神④。
今日南归楚，双飞似入秦。

〔一〕渐：一作来。

① 穰（ráng）县：唐邓州的治所，在今河南邓县。② 香骑：香车，指华美车骑。③ 郢中客：宋玉《对楚王问》载，"客有歌于郢中者"。郢，指古楚地。④ 洛川神：洛神，曹植《洛神赋》载，"飘飘兮若流风之回雪"。

岁除夜会乐城张少府宅

畴昔通家好，相知〔一〕无间然。
续明催画烛，守岁接长筵。
旧曲梅花唱，新正柏酒①传。
客行随处乐，不见度年年。

〔一〕知：一作思。

① 柏酒：即柏叶酒，多在春节时饮用。

自洛之越

皇皇①三十载，书剑两无成。
山水寻吴越，风尘②厌洛京。
扁舟泛湖海，长揖③谢公卿。
且乐杯中物〔一〕，谁论世上名。

〔一〕物：一作酒。

① 皇皇：忙碌的样子。② 风尘：指俗世的烦扰。③ 长揖：古人拱手为礼称揖，作揖时手自上至下称长揖。

归至郢中

远游经海峤①,返棹归山阿。
日夕见乔木,乡关在伐柯〔一〕②。
愁随江路尽,喜〔二〕入郢门多。
左右看桑土③,依然即匪他。

〔一〕关:一作园。在:一作成。　〔二〕喜:一作意。

① 海峤(qiáo):海边的山岭。② 伐柯:语出《诗经·豳风·伐柯》,原指如何择取贤惠的女子,此指朴素的农家生活。③ 桑土:种植桑树的土地,指乡土。

途中遇晴

已失巴陵雨〔一〕,犹逢蜀坂泥。
天开斜景①遍,山出晚云低。
余湿犹沾草,残流尚入溪。
今宵有明月,乡思远凄凄。

〔一〕巴:一作武。一作已失五陵道。

① 斜景:西斜的太阳。

夕次〔一〕①蔡阳馆

日暮马行疾,城荒人住稀。
听歌知〔二〕近楚,投馆忽如归。

鲁堰田畴②广，章陵气色微③。

明朝拜嘉〔三〕庆，须着老莱衣④。

〔一〕一无夕次二字。　〔二〕知：一作疑。　〔三〕嘉：一作家。

① 次：停驻。② 田畴：指原野、田野。③ 气色微：指天逐渐晦暗。④ 老莱衣：即老莱子穿彩衣哄父母开心，指孝顺父母。

他乡七夕

他乡逢七夕，旅馆益羁愁。

不见穿针妇①，空怀故国楼。

绪风初减热，新月始临〔一〕秋。

谁忍窥河汉，迢迢问〔二〕斗牛②。

〔一〕临：一作登。　〔二〕问：一作望。

① 穿针妇：七夕节妇女穿针以向织女乞巧，此喻诗人思念妻子。② 斗牛：指二十八星宿的斗宿和牛宿。

夜泊牛渚①趁薛八船不及

星罗牛渚夕，风退鹢舟②迟。

浦溆③尝同宿，烟波忽间之。

榜歌④空里失，船火望中疑。

明发泛潮〔一〕海，茫茫何处期。

〔一〕潮：一作湖。

① 牛渚：在今安徽马鞍山采石镇。② 鹢（yì）舟：一种船头画着鹢鸟图像的船。③ 浦溆（xù）：水边。④ 榜歌：船歌。榜，船桨。

晓入南山

瘴气晓氛氲①，南山复〔一〕水云。
鹍②飞今始见，鸟堕旧来闻。
地接长沙近，江从汨渚③分。
贾生曾吊屈④，予亦痛斯文。

〔一〕复：一作没。

① 氛氲：云雾朦胧的状态。② 鹍（kūn）：一种像鹤一样的鸟。③ 汨（mì）渚：汨罗江边，特指屈原沉水的地方。④ "贾生"句：贾生即贾谊，汉代辞赋家，曾写过凭吊屈原的《吊屈原赋》。

夜渡湘水〔一〕①

客舟〔二〕贪利涉，暗〔三〕里渡湘川。
露气闻芳杜②，歌声识采〔四〕莲。
榜人③投岸火，渔子宿潭烟。
行旅时〔五〕相问，浔〔六〕阳何处边。

〔一〕一作崔国辅诗。　〔二〕舟：一作行。　〔三〕暗：一作夜。　〔四〕采：一作暗。　〔五〕时：一作遥。〔六〕浔：一作浛。

① 湘水：即湘江，湖南境内的主要大河，也是长江的重要支流。② 芳杜：即杜若，一种香草。③ 榜人：即船夫。

赴京途中遇雪

迢递秦京道①，苍茫岁暮天。
穷阴②连晦朔，积雪满〔一〕山川。
落雁迷沙渚，饥乌③集〔二〕野田。
客愁空伫立，不见有人烟。

〔一〕满：一作遍。　〔二〕集：一作噪。

① 秦京道：通往京城的大道。② 穷阴：阴晦天。③ 饥乌：觅食的乌鸦。

宿武阳即事〔一〕

川暗夕阳尽，孤舟泊岸初。
岭猿相叫啸，潭嶂〔二〕似空虚。
就枕灭明烛，扣舷闻夜渔①。
鸡鸣问何处，人物是秦余②。

〔一〕阳：一作陵。一作宿武阳川。　〔二〕嶂：一作影。

① 夜渔：指在夜间捕鱼。② 秦余：即秦朝留下的人物遗迹。此处借用《桃花源记》的典故，桃花源里的人都是躲避秦末战乱而隐居，因此称为"秦余"。

同卢明府钱张郎中除义王府司马海园作

上国①山河列〔一〕，贤王邸第开。
故人分职②去，潘令③宠行来。
冠盖趋梁苑④，江湘〔二〕失楚材。
豫愁轩骑动，宾客散池台。

〔一〕山：一作星。列：一作裂。　〔二〕湘：一作山。

① 上国：指帝都。② 分职：分掌职务。③ 潘令：西晋时潘安曾担任河阳令，此借指卢明府。④ 梁苑：西汉梁孝王曾建立苑囿，此指义王府。

途次〔一〕望乡

客行愁落日，乡思重相催。
况在他山外，天寒夕鸟来。
雪深迷郢路①，云暗失阳台。
可叹凄惶〔二〕子，高〔三〕歌谁为媒②。

〔一〕途次：一作落日。　〔二〕凄惶：一作栖迟。　〔三〕高：一作狂，又作劳。

① 郢路：通往楚国郢都的道路。因诗人是湖北人，湖北是原楚国的地域，此借指回乡。② 媒：引介，举荐。

永嘉上浦馆逢张八子容〔一〕

逆旅相逢处，江村日暮时。
众山遥对酒，孤屿共题诗。
廨宇①邻蛟室②，人烟接岛夷。
乡园〔二〕万余里，失路一相悲。

〔一〕一题作永嘉浦逢张子容客卿。　〔二〕园：一作关。

① 廨（xiè）宇：官舍。② 邻蛟室：指濒临大海，鲛人居于海中，以鲛人之室指代大海。

送张子容进士赴举〔一〕

夕曛①山照灭，送客出柴门。
惆怅野中别，殷勤歧路〔二〕言。
茂林予偃息②，乔木尔飞翻。
无使谷风诮③，须令友道存。

〔一〕一作赴进士举。　〔二〕歧路：一作醉后。

① 夕曛（xūn）：落日的余晖。② 偃息：休息，此指隐逸。③ 诮（qiào）：讥讽。

送张参明经举①兼向泾州省觐

十五彩衣年,承欢慈〔一〕母前。
孝廉因岁贡②,怀橘③向秦川。
因座推文举④,中郎许仲宣⑤。
泛舟江上别,谁不仰神仙。

〔一〕慈:一作恋。

① 明经举:参加明经科考试。明经科是唐代科举考试的一项,主要考查对儒家经典的掌握。② "孝廉"句:孝廉为汉代选官的科目,此指唐代科举。科举考试为朝廷选拔人才,故称岁贡。③ 怀橘:东汉末陆绩见袁术,术席上有橘,陆绩藏三枚于怀,袁术见,问为何作宾客而怀橘,绩答"欲归遗母"。见《三国志》卷五十六。后比喻孝顺亲人。④ 文举:指孔融,东汉末年名士。⑤ 仲宣:指王粲,东汉末年著名文学家,"建安七子"之一。

泝江至武昌

家本洞湖〔一〕上,岁时归思催。
客心徒欲速,江路苦邅回①。
残冻②因风解,新正度〔二〕腊开。
行看武昌柳,仿佛映楼台。

〔一〕湖:一作庭。 〔二〕正度:一作梅变。

① 邅(zhān)回:难以前进的样子。② 残冻:指正在消融、未化尽的冰雪。

唐城馆中早发寄杨使君

犯霜①驱晓驾，数里见唐城。
旅馆归心逼，荒村客思盈。
访人留后信，策蹇②赴前程。
欲识离魂断，长空听雁声。

① 犯霜：冒着严寒。② 策蹇（jiǎn）：策蹇驴，即骑跛足驴。

陪李侍御访聪上人禅居〔一〕

欣逢柏台友〔二〕，共谒聪公禅。
石室①无人到，绳床②见虎眠。
阴崖常抱雪，枯涧为生泉。
出处虽云异，同欢在法筵。

〔一〕一题作陪柏台友访聪上人。　〔二〕友：一作旧。

① 石室：传说中的神仙洞府，此代指聪上人禅居。② 绳床：一种可以折叠的轻便坐具，类似于蒲团。

和张丞相①春朝对雪

迎气当春至〔一〕，承恩喜雪来。
润从河汉下〔二〕，花逼艳阳开。

不睹丰年瑞，焉〔三〕知燮理②才。
撒盐如可拟③，愿糁④和羹梅⑤。

〔一〕至：一作立。　〔二〕下：一作落。　〔三〕焉：一作安。

① 张丞相：指张九龄。② 燮（xiè）理：协调治理，也指宰相的政务。③ "撒盐"句：指雪。化用《世说新语·言语》"撒盐空中差可拟"的咏雪名句。④ 糁（shēn）：谷物的小碎渣。⑤ 羹梅：调和羹汤的佐料，此比喻宰辅。此为诗人暗示张九龄，自己想出来做官。

送吴宣从事〔一〕①

才有幕中士〔二〕，宁〔三〕无塞上勋。
汉兵将灭虏，王粲始从军。
旌旆②边庭去，山川地脉分。
平生一匕首，感激赠夫君。

〔一〕一作送苏六从军。　〔二〕士：一作画。　〔三〕宁：一作而。

① 从事：官名，为州郡长官的属僚。② 旌旆（pèi）：旗帜。此指尊驾，即官员。

送张祥之房陵

我家南渡隐，惯习野人舟。
日夕弄清浅，林湍逆上流。

山河〔一〕据形胜，天地生豪酋。

君意在利往〔二〕，知音期自〔三〕投。

〔一〕山河：一作鄢陵。　〔二〕往：一作涉。　〔三〕自：一作暗，又作暝。

送桓子之郓城过礼

闻君驰彩骑，蹀躞①指南荆〔一〕。

为结潘杨②好，言过鄢郓城。

摽梅③诗已赠，羔雁④礼将行。

今夜神仙女，应来感梦情。

〔一〕南荆：一作荆衡。

① 蹀躞（xiè dié）：小步行走的样子。② 潘杨：潘岳之妻为杨氏，后世常用"潘杨"代指姻亲交好关系。③ 摽（biāo）梅：指女子已经达到适婚年纪。④ 羔雁：小羊和大雁，指古代用来婚聘的礼物。

早春润州送从弟还乡

兄弟游吴国，庭闱①恋楚关。

已多新岁感〔一〕，更饯白眉②还。

归泛西江水，离筵北固山。

乡园欲有赠，梅柳③着〔二〕先攀。

〔一〕感：一作改。　〔二〕着：一作看。

①庭闱：内舍，此指父母的居所，代指父母。②白眉：出自《三国志·蜀书·马良传》，马良兄弟五人中，以马良最为优秀。马良眉中有白毛，后世以"白眉"称誉兄弟中最优者。此是诗人夸其从弟。③梅柳：指折梅柳，均表思乡之情。此指孟浩然希望从弟赠自己家乡的梅、柳。

送告八从军

男儿一片气①，何必五车书②。
好勇方过我③，多才便起予④。
运筹将入幕，养拙⑤就闲居。
正待功名遂，从君继两疏。

①一片气：指充满勇气。②五车书：指书读得很多。③"好勇"句：语出《论语·公冶长篇》孔子谓子路"由也好勇过我，无所取材"，此为诗人夸耀告八勇敢。④"多才"句：语出《论语·八佾》孔子说子夏"起予者商也"，此为诗人夸耀告八多才。⑤养拙：退隐不仕。

送元公之鄂渚寻观主张骖鸾

桃花春水涨，之子忽乘流。
岘首辞〔一〕蛟浦，江中〔二〕问鹤楼。
赠君青竹杖，送尔白蘋洲。
应是神仙子〔三〕，相期〔四〕汗漫游。
〔一〕首辞：一作下离。　〔二〕中：一作边。　〔三〕子：

一作辈。 〔四〕期：一作逢。

岘山饯〔一〕房琯①崔宗之②

贵贱平生隔，轩车是日来。
青阳一觏止③，云路〔二〕豁然开。
祖道④衣冠列，分亭驿骑催。
方期九日聚，还待二星回。
〔一〕饯：一作赠。 〔二〕路：一作雾。

① 房琯（697—763）：河南缑氏（今河南偃师）人，唐代宰相。② 崔宗之：博陵安平（今河北安平）人，"饮中八仙"之一。③ 觏（gòu）止：相遇。④ 祖道：为出行者祭祀路神和设宴送行的礼仪。此指饯行。

送王五昆季省觐

公子恋庭闱，劳歌①涉海涯〔一〕。
水乘舟楫去，亲望老莱归。
斜日催乌鸟②，清江照彩衣。
平生急难意，遥仰鹡鸰③飞。
〔一〕涯：一作沂。

① 劳歌：指忧伤惜别之歌。② 乌鸟：即乌鸦。乌鸦长大会反哺老乌鸦，因而被用作孝心的象征，此指孝顺的人。③ 鹡鸰（jí líng）：一种小鸟，头顶黑色，嘴细长，常用来象征兄弟友爱之情。

送崔遇 [一]

片玉①来夸楚,治中作主人。
江山增润色,词赋动阳春。
别馆当虚敞,离情任吐伸。
因声两京旧,谁念卧漳滨。

〔一〕遇:一作遏,一作昜。

① 片玉:比喻贤才。

送卢少府使入秦

楚关望秦国,相去千里余。
州县勤王事①,山河转使车②。
祖筵③江上列,离恨别前书。
愿及芳年赏,娇莺二月初。

① 王事:指公务、政事。② 使车:奔忙公务的车驾。③ 祖筵:送别的酒席。

送谢录事之越

清旦江天迥,凉风西北吹。
白云向吴会①,征帆亦相随。

想到耶溪②日，应探禹穴奇。

仙书倘相示，予在此〔一〕山陲。

〔一〕此：一作北。

① 吴会：浙江绍兴的别称。② 耶溪：即若耶溪，今名平水江，浙江绍兴市区境内的一条溪水，相传是春秋时越国美人西施浣纱的地方。

洛中送奚三还扬州

水国无边际，舟行共使风〔一〕。

羡君从此去，朝夕见乡中①。

予亦离家久，南归恨不同。

音书②若有问，江上会相逢。

〔一〕共：一作兴。使：一作便。

① 乡中：指家乡。② 音书：音讯，书信。

送袁十〔一〕岭南寻弟

早闻牛渚咏①，今见鹡鸰心②。

羽翼嗟零落，悲鸣别故林。

苍梧③白云远，烟水洞庭深。

万里独飞去，南风迟尔音。

〔一〕十下一有三字。

① 牛渚咏：《晋书·袁宏传》载，东晋谢尚镇守牛渚时，袁宏在江上咏诗，文辞瑰丽，谢尚称叹。后世用"牛渚咏"来称赞他人诗作的好。② 鹡鸰心：比喻兄弟互相关怀之心。③ 苍梧：地名，治所在今广西梧州。

永嘉别张子容

旧国^①余归楚，新年子北征^②。
挂帆愁海路，分手恋朋情。
日夕故园意，汀洲春草生。
何时一杯酒，重与季鹰^③倾。

① 旧国：指故乡。② 北征：指张子容有北上之行。③ 季鹰：即张翰，西晋文学家，因不愿做官，借口思念家乡的莼羹、鲈鱼而辞官返乡，后世以"莼鲈之思"比喻思乡之情。此指诗人期盼张子容早日返乡。

送袁太祝尉豫章

何幸遇休明^①，观光来上京。
相逢武陵客，独送豫章行。
随蹑^②牵黄绶^③，离群会墨卿^④。
江南佳丽地，山水旧难名。

①休明：美好清明，赞美明君或盛世。②随牒（dié）：即随牒，朝廷任命官职的委任状。③黄绶：古代官员系官印的黄色丝带，借指官位。④墨卿：文人的别称。

都下送辛大之鄂

南国辛居士，言归旧竹林。
未逢调鼎用①，徒有济川②心。
予亦忘机③者，田园在汉阴。
因君故乡去，遥〔一〕寄式微吟④。

〔一〕遥：一作还。

①"未逢"句：意谓没能被授予官职，予以重用。调鼎，原指烹调事物，《道德经》言"治大国若烹小鲜"，后比喻治理国家。②济川：指辅助帝王。③忘机：淡泊名利，忘却世俗的烦恼。④式微吟：《诗经·式微》载"式微式微，胡不归"。此指归乡。

送席大

惜尔怀其宝，迷邦倦客游①。
江山历全楚，河洛越成周②。
道路疲千里，乡园老一丘。
知君命不偶③，同病亦同忧。

①"惜尔""迷邦"二句：化用《论语·阳货篇》中阳货对孔

子说的话："怀其宝而迷其邦，可谓仁乎？"此谓席大有才干而不得用。怀其宝，比喻身负才能。②成周：即洛阳，西周的东都城。③不偶：古以偶为吉，不偶为凶。指命运多舛。

送贾昇主簿之荆府

奉使推能者，勤王①不暂闲。
观风②随按察，乘骑度荆关。
送别登何处，开筵旧岘山。
征轩③明日远，空望郢门间。

①勤王：对君主的差事尽职尽责。②观风：观民风，观察民情，了解施政得失。③征轩：远行的车。

送王大校书

导漾自嶓冢，东流为汉川①。
维桑②君有意，解缆我开筵。
云雨从兹别，林端意渺然。
尺书能不吝，时望鲤鱼传③。

①"导漾""东流"二句：《尚书·禹贡》载，"嶓冢导漾，东流为汉"，漾，即漾家河，发源于陕西南郑，为汉江上游的一条支流。嶓（bō）冢：山名，在今甘肃天水与礼县之间。②维桑：语出《诗经·小雅·小弁》："维桑与梓，必恭敬止。"此代指故乡。

③鲤鱼传：指鲤鱼传书，表示思念之情。

游江西〔一〕留别富阳裴刘二少府

西上游〔二〕江西，临流恨〔三〕解携①。
千山叠成嶂，万水泻〔四〕为溪。
石浅流难溯〔五〕，藤长险易跻②。
谁怜问津者〔六〕，岁晏③此中迷。

〔一〕游江西：一作浙江西上。　〔二〕游：一作浙。
〔三〕恨：一作愠。　〔四〕水泻：一作壑合。　〔五〕溯：一作注。　〔六〕者：一作客。

①解携：指分手、离别。②跻：登上，攀上。③岁晏：指人的暮年，老年人。此是诗人自比。

东京留别诸公〔一〕

吾道昧所适，驱车还向东。
主人开旧馆，留客醉新丰。
树绕温泉绿，尘遮晚〔二〕日红。
拂衣①从此去，高步蹑②华嵩。

〔一〕一题作京还别新丰诸友。　〔二〕晚：一作晓。

①拂衣：振衣而去，表示归隐。②蹑：登。

广陵别薛八〔一〕

士有不得志,栖栖①吴楚间。
广陵相遇罢,彭蠡②泛舟还。
樯出江中树,波连海上山。
风帆明日远,何处更追攀。

〔一〕一题作送友东归。

① 栖栖:孤寂零落的样子。② 彭蠡:即今鄱阳湖。

临涣裴明府席遇张十一房六〔一〕

河县柳林边,河桥晚泊船。
文叨才子会,官喜故人连〔二〕。
笑语同今夕,轻肥①异往年。
晨风理归〔三〕棹,吴楚各依然。

〔一〕一题作临涣裴赞席遇张十六。　〔二〕连:一作怜。
〔三〕归:一作征。

① 轻肥:语出《论语·雍也》"乘肥马,衣轻裘",指豪奢的生活。

卢明府早秋宴张郎中海园即事得秋字〔一〕

邑有弦歌宰①,翔鸾②狎野〔二〕鸥。
眷言③华省④旧,暂拂〔三〕海池游。

郁岛藏深竹,前溪对舞楼。
更闻书即事,云物是新秋。

〔一〕一作卢象诗。　〔二〕狎野:一作已狎。　〔三〕拂:一作滞。

① 弦歌宰:《论语·阳货》载,孔子弟子言偃任武城宰,"子之武城,闻弦歌之声",此指卢明府治政有政绩。② 鸾(luán):传说中类似凤凰一样的鸟。③ 眷言:回顾的样子。④ 华省:指秘书省。

同卢明府早秋夜宴张郎中海亭

侧听弦歌宰,文书游夏徒。
故园欣赏竹,为邑幸来苏。
华省曾联事①,仙舟②复与俱。
欲知临泛③久,荷露渐成珠。

① 联事:共事。② 仙舟:对舟船的美称。③ 临泛:泛舟。

崔明府宅夜观妓

白日既云暮,朱颜亦已酡①。
画堂初点烛,金幌②半垂罗。
长袖平阳曲,新声子夜歌③。
从来惯留客,兹夕为谁多。

① 酡（tuó）：饮酒后脸色泛红。② 金幌：华丽的帷帐。③ 子夜歌：相传是南朝吴地的一种民歌。

宴荣二山池〔一〕

甲第①开金穴〔二〕②，荣期乐自多。
枥③嘶支遁马④，池养右军鹅⑤。
竹引携〔三〕琴入，花邀载酒〔四〕过。
山公来取醉，时唱接篱歌。

〔一〕一题作宴荣山人池亭。　〔二〕开金穴：一作金张穴。〔三〕携：一作稽。　〔四〕载酒：一作戴客。

① 甲第：豪门贵族。② 金穴：藏金之穴，比喻豪富。③ 枥（lì）：马槽。④ 支遁马：指晋代高僧支道林养马看重其神骏，此借指主人的良马。⑤ 右军鹅：指王羲之喜好鹅。

夏日与崔二十一同集卫明府宅〔一〕

言避一时暑，池亭五月开。
喜逢金马客①，同饮玉人杯②。
舞鹤乘轩至，游鱼拥钓来。
座中殊未起，箫管莫相催。

〔一〕一题作宴卫明府宅遇北使。

① 金马客：《史记·滑稽列传》载，"金马门者，宦署门也，门

傍有铜马",故称。汉代征召来的人,都待诏未央宫门。此指才能优异者。②玉人杯:精美的酒杯。

清明日宴梅〔一〕道士房

林卧①愁春尽,开轩〔二〕览物华②。
忽逢青鸟使③,邀入〔三〕赤松④家。
丹灶⑤初开火,仙桃正落〔四〕花。
童颜若可驻,何惜醉流霞⑥。

〔一〕梅:一作张。 〔二〕开轩:一作褰帷。 〔三〕入:一作我。 〔四〕落:一作发。

① 林卧:林中高卧,指隐居的地方。② 物华:自然风光。③ 青鸟使:据《汉武故事》载,西王母想要见汉武帝,先派一只青鸟通信,后以青鸟喻使者。④ 赤松:传说中的仙人。⑤ 丹灶:道家炼丹的丹炉。⑥ 流霞:美酒名。

寒夜张明府宅宴

瑞雪初盈尺,寒宵始半更。
列筵邀酒伴,刻烛限诗成①。
香炭金炉暖,娇弦玉指清。
醉来方欲卧,不觉晓鸡鸣〔一〕。

〔一〕末二句一作厌厌不觉醉,归路晓霞生。

① "刻烛"句：《南史·王僧孺列传》载，竟陵王萧子良曾夜集学士，刻烛作诗。此指宴会作诗。

和贾主簿弁九日登岘山

楚万重阳日，群公赏宴①来。
共乘休沐②暇，同醉菊花杯。
逸思高秋发，欢情落景③催。
国人咸寡和，遥愧洛阳才。

① 赏宴（yàn）：光临赴宴。② 休沐：休假。③ 落景：落日。

宴张别驾新斋

世业传珪组①，江城佐股肱②。
高斋③征学问，虚薄滥先登。
讲论陪诸子，文章得旧朋。
士元④多赏激，衰病恨无能。

① "世业"句：指张别驾世代为官宦。珪（guī），古代贵族参加朝觐、丧葬时所拿的玉制礼器。组，官印的丝带。② 股肱（gōng）：大腿和上臂，此指辅佐。③ 高斋：对他人房舍的敬称。④ 士元：三国时的庞统，《三国志·蜀书·庞统传》载其"南州士之冠冕"，非担治中、别驾之任，不能施展他的才能。此借赞誉张别驾。

李氏园林卧疾

我爱陶家①趣,林园无俗情。
春雷百卉坼②,寒食四邻清。
伏枕嗟公干③,归山〔一〕羡子平④。
年年白社客,空滞洛阳城。

〔一〕山:一作田。

① 陶家:指陶渊明。② 坼(chè):裂开,此指花草绽放生长。③ 公干:指三国魏刘桢,字公干,建安七子之一,瘟疾流行,刘桢染病去世。④ 子平:指东汉人向长,隐居不仕,精通易、老之学。

过①故人庄

故人具鸡黍②,邀我至田家。
绿树村边合③,青山郭外斜。
开筵面场圃④,把酒话桑麻。
待到重阳日,还来就⑤菊花。

① 过:拜访。② 鸡黍(shǔ):鸡肉和黄米饭,此指丰盛的饭食。③ 合:环绕。④ 场圃:打谷场和菜圃。⑤ 就:欣赏。

九日怀襄阳〔一〕

去国似〔二〕如昨,倏然〔三〕①经杪秋②。
岘山不可〔四〕见,风景令人愁。

谁采篱下菊，应闲池上楼。
宜城③多美酒〔五〕，归与葛强④游。

〔一〕题上一有途中二字。 〔二〕似：一作已。 〔三〕然：一作焉。 〔四〕不可：一作望不。 〔五〕多美酒：一作名善酝。

① 倏（shū）然：突然，形容很快。② 杪（miǎo）秋：晚秋。③ 宜城：现湖北襄阳县级市。④ 葛强：晋襄阳太守山简的从事，此指同游人。

初出关旅亭夜坐怀王大校书

向夕槐烟①起，葱茏池馆曛。
客中无偶坐②，关外惜离群。
烛至萤光灭③，荷枯雨滴闻。
永怀芸〔一〕阁友，寂寞滞杨云。

〔一〕芸：一作蓬。

① 槐烟：指傍晚的云雾弥漫着槐树。② 偶坐：同坐，陪坐。③ 萤光灭：指蜡烛燃灭。

李少府与杨〔一〕九再来

弱岁早登龙①，今来喜再逢。
如何春月柳，犹忆岁寒松。

烟火临寒食，笙歌达〔二〕曙钟。

喧喧②斗鸡③道，行乐羡朋从。

〔一〕杨：一作王。　〔二〕达：一作咽。

① 登龙：指科举中式。② 喧喧：形容声音扰攘纷杂。③ 斗鸡：一种以鸡娱乐游戏，将两只公鸡放入围栏中互相搏斗。

寻张五回夜园作〔一〕

闻说庞公①隐，移居近洞〔二〕湖。

兴来林是竹，归卧谷名愚。

挂席樵风②便，开轩琴月孤。

岁寒何用赏，霜落故园芜。

〔一〕一无下四字。　〔二〕洞：一作涧。

① 庞公：即庞德公，湖北襄阳人，东汉末期隐士，此借指张五。② 樵风：指好风、顺风。

张七及辛大见寻南亭醉作〔一〕

山公①能饮酒，居士②好弹筝。

世外交初得，林中契已并。

纳凉风飒至，逃暑日将倾。

便就南亭里，余尊惜解酲。

〔一〕一题作张七及辛大见访。

① 山公：山简（253—312），字季伦，西晋名士，山涛之子，生性好酒。此指张七。② 居士：指辛大，孟浩然《都下送辛大之鄂》有"南国辛居士，言归旧竹林"句。

题张野人园庐〔一〕

与君园庐并，微尚①颇亦同。
耕钓方自逸，壶觞②趣不空。
门无俗士驾，人有上皇风③。
何处〔二〕先贤传，惟称庞德公。

〔一〕题：一作忆。野：一作逸。　〔二〕处：一作必。

① 微尚：微小的志趣愿望。② 壶觞（shāng）：酒壶酒杯。③ "人有"句：指上古帝王时古朴民风。

过景空寺故融公兰若〔一〕

池上青莲宇①，林间白马泉。
故人成异物②，过客〔二〕独潸然③。
既礼新松塔，还寻旧石筵。
平生竹如意④，犹挂草堂前。

〔一〕空：一作光。一题作过潜上人旧房，一作悼正弘禅师。
〔二〕客：一作憩。

① 青莲宇：即佛寺。佛教崇尚荷花，此指对佛寺的尊称。

② 成异物：指过世。③ 潸（shān）然：流泪的样子。④ 竹如意：用竹子做成的如意。

早寒江上有怀〔一〕

木落雁南〔二〕度①，北风江上寒。
我家襄水上〔三〕，遥隔楚云〔四〕端。
乡泪客中尽，孤帆天际看〔五〕。
迷津②欲有问，平海③夕漫漫。

〔一〕一作江上思归。　〔二〕南：一作初。　〔三〕襄：一作湘，又作江。上：一作曲。　〔四〕云：一作山。　〔五〕孤：一作归。际：一作外。

① 度：飞。② 迷津：迷失渡口。③ 平海：此指广阔平静的江面。

南山下与老圃期种瓜

樵牧南山近，林间①北郭赊②。
先人留素业③，老圃作邻家。
不种千株橘④，惟资五色瓜⑤。
邵平能就我，开径剪〔一〕蓬麻。

〔一〕剪：一作有。

① 林间：乡野人家。② 赊：遥远。③ 素业：祖业。④ 千株

橘:指三国时太守李衡,为儿孙生计,种甘橘千株,换取衣食充足。
⑤ 五色瓜:即东陵瓜,相传原是秦朝东陵侯的邵平,秦灭亡后便在长安城种瓜,种出的瓜深受人喜爱。此指老圃种瓜。

裴司士员司户见寻〔一〕

府僚能枉驾〔二〕①,家酝②复新开。
落日池上酌,清风松下来。
厨人具鸡黍,稚子摘杨梅。
谁道山公醉,犹能骑马回③。

〔一〕士:一作功。户:一作士。一题作裴司士见访。 〔二〕驾:一作顾。

① 枉驾:敬称对方来拜访自己。② 家酝:自酿的酒。③ "谁道""犹能"二句:晋山简饮酒必醉,醉后能乘骏马,倒载而归。

岁除夜有怀〔一〕

迢递三巴①路,羁危②万里身。
乱山残雪夜,孤烛异乡人。
渐与骨肉远,转于僮仆亲。
那堪正飘泊,来日岁华新。

〔一〕一题作除夜。

① 三巴:指永宁、固陵、巴郡三郡,相当于今四川嘉陵江和

綦江流域以东的地方。②羁危：羁旅困苦。

伤岘山云表观主[一]

少小学书剑，秦吴多岁年。
归来一登眺，陵谷①尚依然。
岂意餐霞客，溘[二]②随朝露先。
因之问闾里，把臂③几人全。

〔一〕观主：一作上人。　〔二〕溘：一作忽。

① 陵谷：指岘山依旧。山陵深谷代指岘山。② 溘（kè）：突然，忽然。③ 把臂：指关系好、亲近的人。

赋得盈盈楼上女

夫婿久离别，青楼①空望归。
妆成卷帘坐，愁思懒缝衣。
燕子家家入，杨花处处飞。
空床难独守，谁为报[一]金徽②。

〔一〕报：一作解。

① 青楼：指美人居所，代指思妇。② 金徽：琴。琴上以琴徽作音位标志，饰以金属或贝壳，故称金徽。此指以弹琴慰相思。

春意[一]

佳人能画眉,妆罢出帘帷。
照水空自爱,折花将遗①谁。
春情多艳逸,春意倍相思。
愁心极杨柳,一种乱如丝。

〔一〕一题作春怨。

① 遗(wèi):赠送。

闺情①

一别隔炎凉,君衣忘短长。
裁缝无处等,以意忖②情量。
畏瘦疑伤窄,防寒更厚装。
半啼③封裹④了,知欲寄谁将。

① 闺情:妇女思所爱之情。② 忖(cǔn):思量,揣度。③ 半啼:指在半夜啼哭。④ 封裹:指装好衣服。

寒夜

闺夕绮窗闭,佳人罢缝衣。
理琴开宝匣,就枕卧重[一]帏。

夜久灯花落，薰笼①香气微。
锦衾②重自暖，遮莫③晓霜飞。

〔一〕重：一作罗。

① 薰笼：有笼覆盖着的熏炉。② 锦衾（qīn）：锦缎制成的被子。③ 遮莫：尽管，任凭。

美人分香

艳色本倾城，分香更有情。
髻鬟①垂欲解，眉黛拂能轻。
舞学平阳态，歌翻子夜声。
春风狭斜道，含笑待逢迎。

① 髻鬟（jì huán）：环形的发髻，古代汉族妇女的发式。

田家元日

昨夜斗回北①，今朝岁起东。
我年已强仕②，无禄尚忧农。
桑野就耕父〔一〕，荷锄随牧童。
田家占气候，共说此年丰。

〔一〕一作：野老就耕去。

①斗回北：北斗星的斗柄从指向北转而指向东方，即代表春天快要来了。②强仕：即四十岁。

宿杨子津寄润州①长山刘隐士

所思在梦寐，欲往大江深。
日夕望京口②，烟波愁我心。
心驰茅山洞，目极枫树林。
不见少微隐③，星霜劳夜吟。

①润州：在今江苏镇江境内。②京口：在长江下游，江苏镇江市。③少微隐：指刘隐士。少微，少微星，比喻处士，隐士。

送丁大凤进士赴举呈张九龄

吾观鹪鹩赋①，君负王佐才。
惜无金张②援，十上③空归来。
弃置乡园老，翻飞羽翼摧。
故人今在位，歧路④莫迟回。

①鹪鹩（jiāo liáo）赋：晋代张华所作的一篇赋，阮籍读后赞叹有"王佐之才"。②金张：西汉名臣金日䃅、张安世的并称，两人子孙七世显贵，后用作达官显贵的代称。③十上：多次上书。④歧路：分道口。明指送别路口，借指出仕和隐居两条道路。

送吴悦游韶阳①

五色怜凤雏，南飞适鹧鸪。
楚人不相识，何处求椅梧②。
去去日千里，茫茫天一隅。
安能与斥鷃③，决起但枪榆④。

① 韶阳：唐代韶州，在今广东曲江。② 椅梧：梧桐树，椅，山桐子树，又称山梧桐，高大的乔木。③ 斥鷃（yàn）：一种飞不到一尺高的小鸟。④ 枪榆：撞到榆树。出自《庄子·逍遥游》，比喻见识短、志向小。

送陈七赴西军

吾观非常者①，碌碌②在目前。
君负鸿鹄志，蹉跎书剑年③。
一闻边烽动，万里忽争先。
余亦赴京国，何当献凯还。

① 非常者：不同凡响的人。② 碌碌：玉石美好的样子。③ 书剑年：指学书学剑的少年时代。

洗然弟①竹亭

吾与二三子②，平生结交深。
俱怀鸿鹄志，共有鹡鸰心③。

逸气假豪翰④,清风⑤在竹林。
远是酒中趣,琴上偶然音。

①洗然弟:孟浩然之弟孟洗然,生平不详。②二三子:指兄弟几个。③鹡鸰心:指兄弟之间互相关切。④豪翰:指文字、文章。⑤清风:比喻人的高尚情操。

万山①潭

垂钓坐磐石,水清心益闲。
鱼行潭树下,猿挂岛藤间。
游女②昔解佩③,传闻于此山。
求之不可得,沿月棹歌还。

①万山:又名汉皋山,在湖北襄阳西北岸。②游女:指汉江的女神。③解佩:《列女传·江妃二女》载,有江妃二女,游于汉水上,遇到郑交甫而喜悦,把身上的玉佩解下给他。

涧南即事贻皎上人

敝庐在郭外,素产①惟田园。
左右林野旷,不闻朝〔一〕市喧。
钓竿垂北涧,樵唱入南轩。
书取幽栖事②,将寻静者③论〔二〕。
〔一〕朝:一作城。　〔二〕论:一作言。

① 素产：即本有的家产。② 幽栖事：指隐居的生活。③ 静者：指皎上人。

晚泊浔阳①望庐山〔一〕

挂席几千里，名山都未逢。
泊舟浔阳郭，始见香炉峰。
尝读远公②传，永怀尘外③踪。
东林精舍④近，日暮但闻钟。

〔一〕一作：望香炉峰。

① 浔阳：在今江西九江。② 远公：指晋代高僧慧远。③ 尘外：指俗世之外。④ 精舍：僧舍。

李太白五律

一百首

赠孟浩然

吾爱孟夫子,风流①天下闻。
红颜②弃轩冕③,白首卧松云。
醉月频中圣,迷花④不事君。
高山⑤安可仰,徒此揖清芬⑥。

① 风流:儒雅不凡的风度。② 红颜:指青壮年。③ 轩冕:代指官位爵禄。④ 迷花:迷恋自然风光。⑤ 高山:语出《诗经·小雅·车辖》"高山仰止",比喻品德高尚的人。⑥ 清芬:高洁的德行。

见京兆韦参军量移①东阳②

闻说金华渡,东连五百滩。
全胜③若耶④好,莫道此行难。
猿啸千溪合,松风五月寒。
他年一携手,摇艇入新安⑤。

① 量移:指官员获罪贬谪远方,遇恩赦迁往近处。② 东阳:在今浙江金华。③ 全胜:指风景名胜。④ 若耶:即若耶溪,在今浙江绍兴境内,传闻是西施浣纱的地方。⑤ 新安:即新安江,在浙江杭州境内,钱塘江上游。

温泉侍从归逢故人

汉帝长杨苑①,夸胡羽猎归。
子云②叨③侍从,献赋有光辉。
激赏摇天笔,承恩赐御衣。
逢君奏明主,他日共翻飞④。

① 长杨苑:汉武帝所设立的打猎林苑。② 子云:西汉终军,今山东章丘人,西汉时儒生,上书言事情,为汉武帝赏识。③ 叨:承受,此指侍奉君王。④ 翻飞:指青云直上。

赠郭季鹰

河东郭有道①,于世若浮云。
盛德无我位,清光独映君。
耻将鸡并食,长与凤为群。
一击九千仞,相期凌紫氛②。

① 郭有道:即郭泰(128—169),太原介休(今山西介休)人,东汉名士。② 凌紫氛:在天空飞翔。紫氛,指天空。

口号①赠杨征君

陶令辞彭泽,梁鸿②入会稽。
我寻高士传③,君与古人齐。
云卧留丹壑④,天书降紫泥⑤。

不知杨伯起⑥,早晚向关西。

① 口号:古代诗题的用语,表示随口而成。② 梁鸿:字伯鸾,今陕西咸阳人,东汉初年著名隐士,与妻子生活在吴地。③ 高士传:三国时皇甫谧记载古代名士的书籍。④ 丹壑:形容山中胜景。⑤ 紫泥:指诏书。⑥ 杨伯起:东汉杨震,精熟儒典,被称为"关西孔子"。

赠昇州①王使君忠臣

六代帝王国②,三吴③佳丽城。
贤人当重寄④,天子借高名。
巨海一边静,长江万里清。
应须救赵策,未肯弃侯嬴⑤。

① 昇州:即升州,治所在今江苏南京。② "六代"句:指南京为东吴、东晋、南朝宋、齐、梁、陈六个朝代的都城。③ 三吴:一说今苏州、湖州、绍兴为三吴。④ 重(zhòng)寄:重要托付。⑤ 侯嬴:战国时魏国的隐士,曾为信陵君献计夺取兵符。

赠崔秋浦①三首

吾爱崔秋浦,宛然陶令②风。
门前〔一〕五杨柳,井上〔二〕二梧桐。
山鸟下听事,檐花③落酒中。
怀君未忍去,惆怅意无穷。

〔一〕前：一作栽。　〔二〕上：一作夹。

① 崔秋浦：即崔钦，时任秋浦县县令。秋浦，在今安徽池州。② 陶令：将崔秋浦比作陶渊明。③ 檐花：靠近屋檐下开的花。

崔令学陶令〔一〕，北窗常昼眠①。
抱琴时弄月〔二〕，取意任无弦②。
见客但倾酒，为官不爱钱。
东皋多种黍，劝尔早耕田〔三〕。

〔一〕一作君似陶彭泽。　〔二〕时弄月：一作待秋月。
〔三〕一作东皋春事起，种黍早归田。

① 昼眠：指午睡。② 无弦：即无弦琴。相传陶渊明不解音律，却放置了一张无弦的琴来抚弄，表示高雅的情趣，后用以表达隐逸的趣味。

河阳花作县，秋浦玉为人。
地逐名贤好，风随惠化①春。
水从天汉落，山逼画屏新。
应念金门客②，投沙吊楚臣③。

① 惠化：古指地方官有好的政绩和教化。② 金门客：指东方朔。③ 吊楚臣：指贾谊贬谪长沙时凭吊屈原。

望九华山①赠韦青阳仲堪

昔在九江②上，遥望〔一〕九华峰。
天河挂绿水，秀出九芙蓉。

我欲一挥手，谁人可相从。
君为东道主，于此卧云松③。

〔一〕望：一作观。

① 九华山：在安徽池州境内。② 九江：此指长江。③ 卧云松：指隐居生活。

赠柳圆

竹实满秋浦，凤来何苦饥①。
还同月下鹊，三绕未安枝②。
夫子即琼树，倾柯拂羽仪③。
怀君恋明德，归去日相思。

① 何苦饥：古称凤凰非梧桐不栖，非竹实不食。此指贤者洁身自爱。②"三绕"句：语出三国魏曹操《短歌行》"月明星稀，乌鹊南飞，绕树三匝，何枝可依"。③"倾柯"句：诗人将对方比作树木，垂下树枝庇护自己。倾柯，使柳条倾斜下垂。羽仪，比喻居高位而有才德，被人尊重或堪为楷模。

赠汉阳辅录事

闻君罢官意，我抱汉川湄①。
借问久疏索②，何如听讼时。
天清江月白，心静海鸥知。

应念投沙客,空余吊屈悲。

① 湄(méi):岸边。② 疏索:寂寞无事。

赠钱征君①少阳〔一〕

白玉一杯酒,绿杨三月时。
春风余几日,两鬓各成丝②。
秉烛③唯须饮,投竿④也未迟。
如逢渭川猎⑤,犹可帝王师。
〔一〕一作送赵云卿。

① 征君:指受朝廷征聘而不出来做官的隐士。② 丝:白发,指年老。③ 秉烛:拿着蜡烛照明。④ 投竿:扔掉渔竿。指出仕。⑤ 渭川猎:姜子牙渭水垂钓,遇周文王而得到重用。

寄淮南友人

红颜悲旧国,青岁①歇芳洲。
不待金门诏②,空持宝剑游。
海云迷驿道,江月隐乡楼。
复作淮南客,因逢桂树留③。

① 青岁:青春之年。指玄宗天宝七载(748)春,李白与白毫子游历八公山。② 金门诏:代指朝廷征诏。③ 桂树留:归隐山林。淮

南小山《招隐士》载,"桂树丛生兮山之幽","攀援桂枝兮聊淹留"。

沙丘城①下寄杜甫

我来竟何事,高卧②沙丘城。
城边有古树,日夕连秋声。
鲁酒不可醉,齐歌空复情。
思君若汶水③,浩荡寄南征。

①沙丘城:即兖州治所瑕丘,在今山东济宁。②高卧:指闲居。③汶水:即大汶河,在山东境内,源出山东莱芜,流入大运河。

寄少府赵炎当涂

晚登高楼望,木落双江清。
寒山饶积翠,秀色连州城。
目送楚云尽,心悲胡雁声。
相思不可见,回首故人情。

寄王汉阳

南湖秋月白,王宰夜相邀。
锦帐郎官①醉,罗衣舞女骄②。

笛声喧沔鄂③，歌曲上云霄。
别后空悲我，相思一水遥。

①郎官：侍中，员外。②骄：通"娇"，娇美。③沔鄂：代指湖北。沔，指汉水。

望汉阳柳色寄王宰

汉阳江上柳，望客引东枝。
树树花如雪①，纷纷乱若丝②。
春风传我意，草木度前知〔一〕。
寄谢弦歌宰，西来定未迟。

〔一〕一作草木发前墀。

①"树树"句：指柳絮纷飞像下雪一样。②乱若丝：指柳枝飘摇飞荡。

江上寄巴东故人

汉水波浪远，巫山云雨飞。
东风吹客梦，西落此中时。
觉后思白帝①，佳人与我违。
瞿塘饶贾客，音信莫令希。

①白帝：白帝城。在今重庆奉节，瞿塘峡口白帝山上。

寄从弟宣州长史昭

尔佐宣城郡,守官清且闲。
常夸云月好,邀我敬亭山。
五落洞庭叶,三江游未还。
相思不可见,叹息损朱颜。

三山①望金陵寄殷淑

三山怀谢脁,水澹〔一〕②望长安。
芜没河阳县,秋江正北看。
卢龙③霜气冷,鸤鹊④月光寒。
耿耿忆琼树,天涯寄一欢。

〔一〕水澹:一作绿水。

① 三山:在南京附近的长江边上。② 澹(dàn):水势平稳。③ 卢龙:山名,在今江苏南京。④ 鸤(zhī)鹊:汉宫观名,在长安城。

夜别张五

吾多①张公子,别酌酣高堂。
听歌舞银烛,把酒轻罗裳②。

横笛弄秋月,琵琶弹陌桑③。
龙泉④解锦带,为尔倾千觞。

① 多:敬重。② 罗霜:即罗裳,舞女跳舞蹈摆弄起衣服。③ 陌桑:即《陌上桑》,汉乐府诗。④ 龙泉:即龙泉剑,古代名剑的代称。

广陵①赠别

玉瓶沽②美酒,数里送君还。
系马垂杨下,衔杯大道间。
天边看绿水,海上见青山。
兴罢各分袂③,何须醉别颜。

① 广陵:指江苏扬州。② 沽(gū):买。③ 分袂:分别,离别。

别储邕之剡中①

借问剡中道,东南指越乡。
舟从广陵去,水入会稽长。
竹色溪下绿,荷花镜里香。
辞君向天姥,拂石卧秋霜。

① 剡（shàn）中：在今浙江嵊州、新昌一带。

留别龚处士

龚子栖闲地，都无人世喧。
柳深陶令宅，竹暗辟疆①园。
我去黄牛峡②，遥愁白帝猿。
赠君卷施草③，心断竟何言。

① 辟疆园：顾辟疆家的园林，是历史上记载的首个私人苏州园林。辟疆，即顾辟疆，今江苏苏州人，生活在东晋孝武帝年间。② 黄牛峡：位于西陵峡中段，距湖北宜昌45公里处。③ 卷施草：又名拔心草，《尔雅·释草》称其拔心不死。

赠别郑判官

窜逐①勿复哀，惭君问寒灰②。
浮云无本意，吹落章华台③。
远别泪空尽，长愁心已摧。
三年吟泽畔④，憔悴几时回。

① 窜逐：放逐。② 寒灰：指心如死灰。③ 章华台：春秋时楚灵王修建的离宫。④ 吟泽畔：语出《楚辞·渔夫》"屈原既放，游于江潭，行吟泽畔"，后指官员失意被放逐。

江夏①别宋之悌②

楚水清若空,遥将碧海通。
人分千里外,兴在一杯中。
谷鸟吟晴日,江猿啸晚风。
平生不下泪,于此泣无穷。

① 江夏:在今湖北武昌。② 宋之悌:唐代著名诗人宋之问的弟弟,李白友人。

渡荆门①送别

渡远荆门外,来从楚国游。
山随平野尽,江入大荒②流。
月下飞天镜,云生结海楼③。
仍怜故乡水,万里送行舟。

① 荆门:山名,在今湖北宜昌西北,地势险要。② 大荒:苍茫广阔的原野。③ 海楼:海市蜃楼。

南陵五松山别荀七

六即颍水荀①,何惭许郡宾②。
相逢太史奏,应是聚贤人。

玉隐且在石,兰枯还见春。
俄成万里别,立德贵清真③。

① 颍水荀:即荀淑,颍川颍阴(今河南许昌)人,东汉末年名士,以品行高洁著称。② 许郡宾:即陈寔,颍川许县(今河南许昌)人,东汉名臣。③ 清真:纯洁质朴。

南阳送客

斗酒勿与薄①,寸心②贵不忘。
坐③惜故人去,偏令游子伤。
离颜怨芳草,春思结垂杨。
挥手再三别,临歧空断肠。

① 薄:少。② 寸心:指微薄的心意。③ 坐:深。

送张舍人之江东

张翰江东去,正值秋风时①。
天清〔一〕一雁远,海阔孤帆迟。
白日行欲暮,沧波杳②难期〔二〕。
吴洲好〔三〕见月,千里幸相思。

〔一〕清:一作晴。　〔二〕一作白日行已晚,欲暮杳难期。
〔三〕好:一作如。

①秋风时：指西晋文学家张翰，借口秋风起想念家乡的莼羹鲈鱼而辞官回乡。②杳（yǎo）：深远没有尽头。

送族弟凝之滁求婚崔氏

与尔情不浅，忘筌已得鱼①。
玉台挂宝镜②，持此意何如。
坦腹东床下③，由来志气疏。
遥知向前路，掷果定盈车。

①"忘筌"句：即得鱼忘筌，语出《庄子·外物》，比喻做事把握实质。②"玉台"句：指东晋温峤以玉镜台为聘礼，娶从姑之女。③"坦腹"句：指王羲之坦腹卧东床，被郗太傅选为女婿。

鲁郡东石门送杜二甫

醉别复几日，登临遍池台。
何言石门路〔一〕，重有金樽开①。
秋波落泗水②，海色明徂来③。
飞蓬各自远，且尽林中杯。
〔一〕路：一作下。

①金樽开：指开席饮酒。②泗水：在山东境内，流入运河。③徂来（cú lái）：山名，在今山东泰安东南。

杭中送裴大泽，时赴庐州长史

西江天柱①远，东越海门深。
去②割辞亲恋，行忧报国心。
好风吹落日，流水引长吟。
五月披裘者，应知不取金③。

① 天柱：天柱山，在安徽六安西南。② 去：离开。③ "五月""应知"二句：王充《论衡》载，延陵季子出游，夏五月，见有披裘打柴者，樵者只顾打柴，路有遗金，不拾。此指裴大泽清廉为官。

送白利登从金吾董将军西征

西羌①延国讨，白起②佐军威。
剑决浮云气，弓弯明月辉。
马行边草绿，旌卷曙霜飞。
抗手③凛相顾，寒风生铁衣。

① 西羌：此指吐蕃。② 白起：战国时秦国名将，此借指白利。③ 抗手：举手告别。

送长沙陈太守二首

长沙陈太守，逸气凌青松。
英主赐玉马，本是天池龙。

湘水①回九曲，衡山望五峰②。
荣君按节去，不及〔一〕远相从。

〔一〕及：一作得。

① 湘水：即湘江，在湖南境内。② 五峰：指衡山上的紫盖、天柱、芙蓉、石廪、祝融五座山峰。

七郡长沙国，南连湘水滨。
定王垂舞袖，地窄不回身①。
莫小二千石②，当安远俗人。
洞庭乡路远，遥羡锦衣春③。

① "定王""地窄"二句：指汉定王刘发，汉景帝之子，受封长沙王。诸封王贺景帝寿歌舞，定王语景帝，"臣国小地狭，不足回旋"。② 二千石：汉时太守俸禄二千石。此指长沙陈太守。③ 锦衣春：锦衣还乡，春光作伴。

送杨山人归嵩山

我有万古宅，嵩阳玉女峰①。
长留一片月，挂在东溪松。
尔去掇②仙草，昌蒲③花紫茸〔一〕。
岁晚或相访，青天骑白龙④。

〔一〕一作君行到此峰，餐霞驻衰容。

① 玉女峰：嵩山支脉太皇山二十四峰之一，峰北有石如女，因此命名。② 掇（duō）：拾取。③ 昌蒲：即菖蒲，一种多年生草

本植物，长于水边。④ 骑白龙：比喻得道升仙。

送通禅师还南陵隐静寺①

我闻隐静寺，山水多奇踪②。
岩种朗公橘③，门深杯渡松④。
道人制猛虎，振锡⑤还孤峰。
他日南陵下，相期谷口逢。

① 南陵隐静寺：在今安徽芜湖。② 奇踪：奇特的风光。③ 朗公橘：相传晋康法朗法师所种橘树。④ 杯渡松：相传杯渡植的松。杯渡，东晋、南朝宋时期僧人，曾乘木杯渡水，故以此名。⑤ 振锡：僧人持锡杖出行。

送友人

青山横北郭①，白水②绕东城。
此地一为别，孤蓬③万里征。
浮云游子意，落日故人情。
挥手自兹去，萧萧④班马鸣⑤。

① 郭：外城。② 白水：清澈的水。③ 孤蓬：指远行的友人。④ 萧萧：马的嘶鸣声。⑤ 班马：载人远行的马。

送别

斗酒渭城边，垆头①醉不眠。
梨花千树雪，杨叶万条烟。
惜别倾壶醑②，临分③赠马鞭。
看君颍上④去，新月到家圆。

① 垆（lú）头：酒店。② 醑（xǔ）：美酒。③ 临分：临近分别。④ 颍上：在今安徽颍上西北。

江上送女道士褚三清游南岳

吴江女道士，头戴莲花巾。
霓裳不湿雨，特异阳台神①。
足下远游履，凌波生素尘②。
寻仙向南岳，应见魏夫人〔一〕。

〔一〕晋魏舒女，适南阳刘文。在世八十三年，以晋成帝咸和九年，白日上升，领上真司命南岳夫人。《灵飞经》亦著其事。

① 阳台神：巫山神女。宋玉《高唐赋》载，巫山之女"旦为朝云，暮为行雨，朝朝暮暮，阳台之下"。②"凌波"句：步履轻盈，丝罗袜沾上尘土。曹植《洛神赋》载，洛水神女"凌波微步，罗袜生尘"。

李太白五律

送友人入蜀

见说①蚕丛路，崎岖不易行。
山从人面起，云傍马头生。
芳树笼秦栈②，春流绕蜀城。
升沉应已定，不必访君平③。

① 见说：即听说。② 秦栈：秦范雎修筑的由秦入蜀的褒斜栈道。③ 君平：即严遵，西汉人，隐居不仕。

送李青归华阳川

伯阳①仙家子②，容色如青春。
日月秘灵洞，云霞辞世人。
化心养精魄，隐几窅③天真④。
莫作千年别，归来城郭新。

① 伯阳：即老子，姓李名耳，字伯阳，先秦时道家学派的创始人，著有《道德经》。② 仙家子：此指李青和老子李耳是同姓。③ 窅（yǎo）：深远。④ 天真：天然性质或本来面目。

送别〔一〕

水色南天远，舟行若在虚①。
迁人②发佳兴，吾子访闲居。

日落看归鸟，潭澄怜〔二〕跃鱼。

圣朝思贾谊，应降紫泥书③。

〔一〕得书字。　〔二〕怜：一作美。

① 若在虚：指船在水面上划行，犹如浮空一样。② 迁人：指被贬谪的人。③ 紫泥书：指皇帝的诏书。

送麹十少府

试发清秋兴，因为吴会吟。

碧云敛海色，流水折江心。

我有延陵剑①，君无陆贾金②。

艰难此为别，惆怅一何深。

① 延陵剑：指春秋时吴国延陵季子去晋国聘问，带着宝剑赠送友人。② 陆贾金：西汉政论家陆贾，卖掉出使南越带回的东西，所得的钱分给自己的儿子。

送王孝廉省觐

彭蠡将天合①，姑苏在日边。

宁亲候海色，欲动孝廉船。

窈窕②晴江转，参差远岫③连。

相思无昼夜，东注似长川。

① 彭蠡：即鄱阳湖，在今江西，为我国第一大淡水湖。② 窈

窈：水幽深的样子。③ 远岫（xiù）：遥远的峰峦。

同吴王送杜秀芝举入京〔一〕

秀才何翩翩①，王许②回也贤③。
暂别庐江④守，将游京兆天。
秋山宜落日，秀木出寒烟。
欲折一枝桂，还来雁沼⑤前。

〔一〕吴王祗，玄宗时为陈留太守，持节河南道节度采访使。子献嗣立。

① 翩翩：文采斐然的样子。② 许：称赞。③ 回也贤：颜回贤。《论语》载孔子言："贤哉。回也！"④ 庐江：即庐州，即今安徽合肥。⑤ 雁沼：即雁池，相传位于西汉梁孝王的兔园。

送梁四归东平①

玉壶挈②美酒，送别强为欢。
大火南星月，长郊北路难。
殷王期负鼎③，汶水起垂竿④。
莫学东山卧，参差老谢安⑤。

① 东平：即唐代郓州，在今山东郓城。② 挈（qiè）：携带。③ "殷王"句：指伊尹背负鼎来到商朝，辅助成汤夺取天下。④ 起垂竿：指姜太公钓鱼，遇到周文王后被载而归。⑤ "莫学""参差"

二句：指东晋政治家谢安隐居在会稽的东山，后出仕入朝为官。

江夏送友人

雪点翠云裘①，送君黄鹤楼②。
黄鹤振玉羽，西飞帝王州。
凤无琅玕实③，何以赠远游。
徘徊相顾影，泪下汉江流。

① 翠云裘：以翠羽制作、上有云彩纹饰的裘衣。② 黄鹤楼："江南三大名楼"之一，在今湖北武汉。③ 琅玕（láng gān）实：仙树的果实。琅玕，神话传说中的一种仙树。

江夏送张丞

欲别心不忍，临行情更亲。
酒倾无限月，客醉几重春。
藕草依流水，攀花赠远人。
送君从此去，回首泣迷津。

秋夜与刘砀山泛宴喜亭池

明宰试舟楫，张灯宴华池。
文招梁苑客①，歌动郢中儿②。

月色望不尽,空天交相宜。
令人欲泛海,只待长风吹。

① 梁苑客:西汉梁孝王设立东苑招揽天下名士,后以"梁苑客"指富有文采的文人。② 郢中儿:郢地人。郢,楚国都邑。宋玉《对楚王问》载,宋玉答楚王"客有歌于郢中者"。

观鱼潭

观鱼碧潭上,木落潭水清。
日暮紫鳞跃,圆波处处生。
凉烟浮竹尽,秋月照沙明。
何必沧浪去,兹焉可濯缨。

侍从游宿温泉宫作

羽林十二将①,罗列应星文②。
霜仗悬秋月,蜺旌③卷夜云。
严更④千户肃,清乐九天闻。
日出瞻佳气,丛丛绕圣君。

①"羽林"句:羽林将为汉武帝所创,作为宫廷的禁卫,此指唐代的禁卫。②"罗列"句:指羽林军的设置,参照天星为号。③ 蜺旌(ní jīng):彩饰的旗子。④ 严更:指夜晚警戒的更鼓。

春游罗敷潭

行歌入谷口,路尽无人跻。
攀崖度绝壑,弄水寻回溪。
云从石上起,客到花间迷。
淹留未尽兴,日落群峰西。

同族侄〔一〕评事黯游昌禅师山池二首

远公爱康乐①,为我开禅关②。
萧然松石下,何异清凉山③。
花将色不染,水与心俱闲。
一坐度小劫,观空天地间。

〔一〕侄:一作弟。

①"远公"句:远公指东晋高僧慧远;康乐指谢灵运,封康乐公,谢灵运曾赴庐山见慧远。② 禅关:指领悟佛教教义必须越过的关口。③ 清凉山:即山西五台山。

客来花雨际,秋水落金池。
片石塞青锦①,疏杨挂绿丝。
高僧拂玉柄②,童子献霜梨。
惜去爱佳景,烟萝欲暝时。

① 青锦:指青苔。② 玉柄:指拂尘。

宴陶家亭子

曲巷幽人宅，高门大士家。
池开照胆镜①，林吐破颜花②。
绿水藏春日，青轩秘晚霞。
若闻弦管妙，金谷③不能夸。

① 照胆镜：指池水清澈，像镜子一样。② 破颜花：指佛祖拈花，只有迦叶尊者破颜微笑，表示领悟佛理。③ 金谷：西晋石崇的园林。

在水军宴韦司马楼船观妓

摇曳帆在空，清流〔一〕顺归风。
诗因鼓吹发，酒为剑歌雄。
对舞青楼妓，双鬟①白玉童。
行云且莫去，留醉楚王宫。

〔一〕流：一作川。

① 双鬟：古代年轻女子的两个环形发髻。

流夜郎至江夏陪长史叔及薛明府宴兴德寺南阁

绀殿①横江上，青山落镜中。
岸回沙不尽，日映水成空。

天乐②流〔一〕香阁，莲舟飏③晚风。
恭陪竹林宴，留醉与陶公。

〔一〕流：一作闻。

① 绀（gàn）殿：指佛寺。② 天乐：形容音乐如同天籁。③ 飏（yáng）：船轻缓前行。

登新平①楼

去国②登兹楼，怀归伤暮秋。
天长落日远，水净寒波流③。
秦云起岭树，胡雁飞沙洲。
苍苍几万里，目极④令人愁。

① 新平：即邠州，在今陕西彬州一带。② 去国：离开都城。③ 寒波流：指泾水。④ 目极：放眼远眺。

谒老君庙

先君怀圣德，灵庙肃神心。
草合人踪断，尘浓鸟迹深。
流沙丹灶灭，关路紫烟沉。
独伤千载后，空余松柏林。

与夏十二登岳阳楼①

楼观岳阳尽,川迥洞庭开。
雁引愁心去〔一〕,山衔好月来②。
云间连下榻③,天上接行杯④。
醉后凉风起,吹人舞袖回。

〔一〕一作雁别秋江去。

① 岳阳楼:在今湖南岳阳。② "山衔"句:月亮升起,仿佛是被山衔出。③ 下榻:设榻留宿。④ 行杯:传杯饮酒。

与贾舍人于龙兴寺剪落梧桐枝望㴩湖①

剪落青梧枝,㴩湖坐可窥。
雨洗秋山净,林光淡碧滋②。
水闲明镜转,云绕画屏移。
千古风流事,名贤共此时。

① 㴩(yōng)湖:在今湖南岳阳。② 碧滋:指草木翠绿而润泽。

挂席江上待月有怀

待月月未出,望江江自流。
倏忽城西郭,青天悬玉钩。

素华①难可揽,清景不同游。
耿耿金波里②,空瞻鸤鹊楼。

① 素华:白色的月光。②"耿耿"句:明亮的月光洒在水面上泛起金色的波澜。耿耿,明亮的样子。

秋登宣城谢朓北楼

江城①如画里,山②晚望晴空。
两水夹明镜,双桥落彩虹。
人烟寒〔一〕橘柚,秋色老梧桐。
谁念北楼上,临风怀谢公。
〔一〕寒:一作空。

① 江城:泛指依傍江水的城池,此指宣城。② 山:指陵阳山,在宣城。

过崔八丈水亭

高阁横秀气,清幽并在君。
檐飞宛溪水,窗落敬亭云。
猿啸风中断,渔歌月里闻。
闲随白鸥去,沙上自为群。

太原早秋

岁落①众芳歇,时当大火②流。
霜城出塞③早,云色渡河秋。
梦绕边城月,心飞故国楼。
思归若汾水④,无日不悠悠。

① 岁落:即时光流逝。② 大火:指大火星,二十八星宿之一,每年农历五月的黄昏出现于正南方,位置最高,六、七月开始向下行。③ 塞:指长城。④ 汾水:汾河。黄河支流,流经太原等。

宿五松山①下荀媪家

我宿五松下,寂寥②无所欢。
田家秋作苦,邻女夜舂③寒。
跪进雕葫饭④,月光明素盘。
令人惭漂母⑤,三谢不能飧⑥。

① 五松山:在今安徽铜陵南。② 寂寥:内心冷落孤寂。③ 夜舂(chōng):在晚上舂米。④ 雕葫饭:用茭白结出的果实菰米做饭。⑤ 惭漂母:相传一位洗衣的老媪曾施饭给韩信,韩信成王后赠与千金。⑥ 飧(sūn):吃饭。

岘山①怀古

访古登岘首,凭高眺襄中。
天清远峰出,水落寒沙空。
弄珠见游女②,醉酒〔一〕怀山公③。
感叹发秋兴,长松鸣夜风。

〔一〕酒:一作月。

① 岘山:即岘首山,在湖北襄阳。②"弄珠"句:《韩诗内传》载郑交甫游汉江,见二神女,神女赠其玉佩。③ 山公:晋山简,嗜酒。

金陵三首

晋家南渡日①,此日旧长安。
地即帝王宅,山为龙虎盘〔一〕②。
金陵空壮观,天堑〔二〕③净波澜。
醉客回桡④去,吴歌且自欢〔三〕。

〔一〕一作碧宇楼台满,青山龙虎盘。 〔二〕天堑:一作江塞。 〔三〕一作谁云行路难。

① 南渡日:指永嘉之乱导致晋室南渡,西晋皇室南迁到金陵为都。② 龙虎盘:指帝王的地盘。③ 天堑(qiàn):指天然的壕沟,地势险要,可以据守。④ 回桡:掉转船头。

地拥金陵势①,城回江〔一〕水流。
当时百万户,夹道起朱楼。

亡国②生春草，离宫没古丘③。
空余后湖月，波上对瀛洲。

〔一〕江：一作汉。

① 金陵势：即南京的钟山。② 亡国：指历史上以南京为都城的六朝。③ 古丘：即古坟。

六代①兴亡国，三杯为尔歌。
苑方秦地②少〔一〕，山似洛阳多。
古殿吴花草，深宫晋绮罗。
并随人事灭，东逝与〔二〕沧波。

〔一〕少：一作小。　〔二〕与：一作只。

① 六代：指建都南京的东吴、东晋和南朝宋、齐、梁、陈六个朝代。② 秦地：代指长安。

1947

陪宋中丞武昌夜饮怀古

清景南楼夜，风流在武昌。
庾公爱秋月，乘兴坐胡床①。
龙笛吟寒水，天河落晓霜②。
我心还不浅，怀古〔一〕醉余觞。

〔一〕怀古：一作留客。

①"庾（yǔ）公""乘兴"二句：指吟咏欢娱的游乐。《世说新语·容止》载，庾公"在武昌，秋夜气佳景清"，庾兴复不浅，据胡床，与诸人在南楼咏谑。指庾亮（289—340），字元规，东晋名

臣，河南鄢陵人。胡床，古代的一种轻便坐具，可以折叠。② 晓霜：指银河里的点点星光。

谢公亭[一]①

谢公离别处，风景每生愁。
客散青天月，山空碧水流。
池花春映日，窗竹夜鸣秋。
今古一相接，长歌怀旧游。

〔一〕盖谢朓、范云之所游。

① 谢公亭：谢朓曾任宣城太守。为纪念谢朓而建造的亭子，故址在今安徽宣城敬亭山。

夜泊牛渚①怀古[一]

牛渚西江夜，青天无片云。
登舟望秋月，空忆谢将军②。
余亦能高咏，斯人不可闻。
明朝挂帆席[二]，枫叶落[三]纷纷。

〔一〕此地即谢尚闻袁宏咏史处。　〔二〕挂帆席：一作洞庭处。　〔三〕落：一作正。

① 牛渚：山名，在今安徽当涂西北。② 谢将军：指东晋谢尚（308—357），陈郡阳夏（今河南太康）人，官镇西将军。

对酒醉题屈突明府厅

陶令八十日，长歌归去来①。
故人建昌宰②，借问几时回。
风落吴江雪，纷纷入酒杯。
山翁③今已醉，舞袖为君开。

① 归去来：晋陶渊明曾作《归去来兮辞》。② 建昌宰：东汉曾设建昌县，隶属豫章郡，今在江西南昌。宰，县令。③ 山翁：晋山简。此指李白。

月夜听卢子顺弹琴

闲夜坐明月，幽人弹素琴。
忽闻悲风调，宛若寒松吟。
白雪乱纤手，渌水①清虚心。
锺期久已没，世上无知音②。

① 渌（lù）水：即绿水，清澈的水流。② 无知音：指伯牙和锺子期的故事，只有锺子期能听懂伯牙的琴声，锺子期死后，就再无伯牙的知音。

寻雍尊师隐居

群峭碧摩天，逍遥不记年。
拨云寻古道，倚树听流泉。
花暖青牛〔一〕卧，松高白鹤眠。

语来江色暮，独自下寒烟。

〔一〕青牛，花叶上青虫也，有两角如蜗牛，故云。

访戴天山①道士不遇

犬吠水声中，桃花带雨浓②。
树深时见鹿，溪午不闻钟。
野竹分青霭，飞泉挂碧峰。
无人知所去，愁倚两三松。

① 戴天山：在四川昌隆北五十里，青年时的李白曾在此读书。
② 浓：指挂满了露珠。

对酒忆贺监二首

太子宾客贺公，于长安紫极宫一见余，呼余为谪仙人，因解金龟换酒为乐。没后，对酒怅然有怀，而作是诗。

四明①有狂客，风流〔一〕贺季真②。
长安一相见，呼我谪仙人③。
昔好杯中物④，翻〔二〕为松下尘⑤。
金龟换酒处，却忆泪沾巾。

〔一〕风流：一作霞衣。　〔二〕翻：一作今。

① 四明：宁波的别称，即今浙江宁波，因其境内有四明山。② 贺季真：即贺知章。③ 谪仙人：贬谪到凡间的神仙。④ 杯中物：即酒。⑤ 松下尘：指已经亡故。古人坟墓前多植松柏，故称。

狂客归四明,山阴①道士迎。
敕赐镜湖②水,为君台沼荣。
人亡余故宅,空有荷花生。
念此杳如梦,凄然伤我情。

① 山阴:指浙江绍兴。② 镜湖:即鉴湖,在今浙江绍兴会稽山北麓。

听蜀僧濬①弹琴

蜀僧抱绿绮②,西下峨眉峰。
为我一挥手③,如听万壑松④。
客心洗流水,余响入霜钟⑤。
不觉碧山暮,秋云暗几重。

① 蜀僧濬(jùn):蜀地一名叫濬的僧人。② 绿绮(qǐ):琴名。汉代司马相如有琴名绿绮。③ 挥手:指弹琴。④ 万壑松:形容琴声如群山中风吹松树的声音。⑤ "客心""余响"二句:指琴声优美,洗涤心扉。

题江夏修静寺〔一〕

我家北海宅①,作寺南江滨。
空庭无玉树②,高殿坐幽人③。

书带留青草,琴堂〔二〕幂④素尘。

平生种桃李,寂灭不成春。

〔一〕此寺是李北海旧宅。　〔二〕堂:一作台。

① 北海宅:李邕的住宅,李邕(678—747)曾任北海太守,故称李北海。李邕鄂州江夏(今湖北武汉)人,唐代大臣、书法家,李白好友,后被奸相李林甫构陷冤死。② 玉树:玉树临风,指男子风姿绰约。此指李邕。③ 幽人:隐士。此指僧人。④ 幂:覆盖。

题宛溪①馆

吾怜宛溪好,百尺照心明〔一〕。

何谢新安水②,千寻见底清。

白沙留月色,绿竹助秋声。

却笑严滩③上,于今独擅名。

〔一〕一作久照心益明。

① 宛溪:在今安徽宣州东门外,源出驿山南,最后合于水阳江。② 新安水:指新安江。③ 严滩:严陵濑,东汉隐士严子陵隐居于此。

观猎

太守耀清威,乘闲弄晚晖。

江沙横猎骑,山火①绕行围。

箭逐云鸿落,鹰随月兔②飞。
不知白日暮,欢赏夜方归。

① 山火:狩猎烧草木来驱赶禽兽。② 月兔:传说月宫中有一只捣药的白兔,此指月亮。

观胡人吹笛

胡人吹玉笛,一半是秦声①。
十月吴山晓,梅花②落敬亭。
愁闻出塞③曲,泪满逐臣缨④。
却望⑤长安道,空怀恋主情。

① 秦声:指秦地的音乐。② 梅花:即笛子曲《梅花落》,属于乐府中的《横吹曲辞》。③ 出塞:古乐府曲名,也是《横吹曲辞》的一种。④ "泪满"句:指天宝年待诏翰林被赐金放还事。逐臣,诗人自称。⑤ 却望:回望。

宣城哭蒋征君华

敬亭埋玉树,知是蒋征君。
果得相如草①,仍余封禅文②。
池台空有月,词赋旧凌云。
独挂延陵剑③,千秋在古坟。

① 相如草:指司马相如的遗稿。司马相如病逝后,汉武帝曾

派人到他家中搜寻文稿。② 封禅文：指司马相如的遗稿只有一篇规劝武帝的封禅文。③ 延陵剑：春秋时延陵季子在徐君坟上挂剑，表示不忘旧故。

长行宫

月皎昭阳殿，霜清长信宫①。
天行乘玉辇②，飞燕③与君同。
更有欢娱处〔一〕，承恩乐未穷。
谁怜团扇妾④，独坐怨秋风。

〔一〕一作别有留情处。

①"月皎""霜清"二句：昭阳殿，汉成帝宠妃赵合德曾居住在此殿；长信宫，汉代皇太后所居住的宫殿。此处以汉宫指唐宫。② 玉辇（niǎn）：皇帝所乘坐的车驾。③ 飞燕：指汉成帝宠妃赵飞燕，指代皇帝宠信的妃子。④ 团扇妾：泛指失宠的人。东汉班婕妤《怨歌行》有"裁为合欢扇，团团似明月"，"常恐秋节至"，"弃捐箧笥中"句。

中丞宋公以吴兵三千赴河南，军次寻阳①，脱余之囚，参谋幕府因赠之〔一〕

独坐②清天下，专征③出海隅。
九江皆渡虎，三郡尽还珠。
组练④明秋浦，楼船⑤入鄂都。
风高初选将，月满欲平胡⑥。

杀气横千里,军声动九区⁷。

白猿惭剑术,黄石借兵符⁸。

戎虏行当剪,鲸鲵⁹立可诛。

自怜非剧孟⑩,何以佐良图。

〔一〕以下排律。

①寻阳:即浔阳,今江西九江。②独坐:指专席而坐,形容独镇一方。③专征:皇帝授予大臣掌握军事的大权,不用请示可以独自行动。④组练:披甲训练,指军队武装训练的阵容。⑤楼船:指战船,拥有多层。⑥平胡:指平定安禄山叛军。⑦九区:九州,泛指全国。⑧"白猿""黄石"二句:比喻敌人不是宋公的对手。黄石,指黄石公,曾让张良三拾履,后授予张良太公兵法。⑨鲸鲵(ní):即大鲸,比喻凶恶的敌人。⑩剧孟:西汉时著名游侠。《史记·游侠列传》载,汉大将军周亚夫得一剧孟,相当于得到一个诸侯国的战力。

1955

春日归山寄孟六浩然

朱绂①遗尘境,青山谒梵筵②。

金绳③开觉路,宝筏④度迷川。

岭树攒飞栱,岩花覆谷泉。

塔形标海日,楼势出江烟。

香气三天下,钟声万壑连。

荷秋珠已满,松密盖初圆。

鸟聚疑闻法,龙参若护禅。

愧非流水韵,叨入伯牙弦⑤。

①朱绂(fú):古代官服上的红色蔽膝,泛指官职。②梵筵:

佛教举行的宗教仪式。③ 金绳：佛教语。指作道路分界的金绳索。④ 宝筏：比喻引导众生渡过苦海的佛法。⑤ 伯牙弦：伯牙弹琴。伯牙弹琴，锺子期知音，说："善哉乎鼓琴，汤汤乎若流水。"

送友人寻越中山水

闻道稽山去，偏宜①谢客才②。
千岩泉洒落，万壑树萦回。
东海横秦望③，西陵④绕越台⑤。
湖清霜镜晓，涛白雪山来。
八月枚乘笔⑥，三吴张翰杯⑦。
此中多逸兴，早晚向天台⑧。

① 偏宜：最宜，非常适合。② 谢客：指谢灵运。小名客儿。出生于会稽（今浙江绍兴）郡。③ 秦望：山名，相传秦始皇巡游时曾登上此山眺望大海。④ 西陵：相传是春秋时范蠡建造的固陵城，故址在今浙江萧山。⑤ 越台：即越王台，越王勾践所建，在会稽山上。⑥ "八月"句：枚乘《七发》载，吴客说"将以八月之望"与诸人观涛在广陵曲江。⑦ 张翰杯：张翰酒杯。《世说新语·任诞》载张翰（字季鹰）任性旷达，对人说："使我有身后名，不如即时一杯酒。"三吴，指吴郡、吴兴、会稽。⑧ 天山：指浙江天台山。

送窦司马贬宜春

天马白银鞍，亲承明主欢。
斗鸡金宫〔一〕里，射雁碧云端。

堂上罗巾①贵,歌钟清夜阑②。
何言谪南国,拂剑坐长叹。
赵璧为谁点③,随珠④枉被弹。
圣朝多雨露⑤,莫厌此行难。

〔一〕宫:一作闱。

① 罗巾:指丝制手巾,指代达官显贵。② 钟清夜阑:指钟声响夜将尽。③"赵璧"句:赵惠文王得楚和氏璧。蔺相如完璧归赵的故事。④ 随珠:随侯宝珠。《庄子·让王》载,用随侯珠弹千仞雀,世人必定嘲笑此事,为什么呢?所用的物是贵重的,所得是轻微的。⑤ 雨露:指代帝王的宠信和恩泽。

金陵送张十一再游东吴

1957

张翰黄花句①,风流五百年。
谁人今继作,夫子世称贤。
再动游吴棹,还浮入海船。
春光白门②柳,霞色赤城③天。
去国难为别,思归各未旋。
空余贾生④泪,相顾共凄然。

①"张翰"句:指西晋张翰描写春天的句子"黄华如散金"。② 白门:金陵正南门宣阳门,俗称白门,后泛指金陵(南京)。③ 赤城:红色宫殿城墙,代指都城。④ 贾生:指贾谊。曾被贬长沙王太傅。

送储邕之武昌①

黄鹤西楼月，长江万里情。
春风三十度，空忆武昌城。
送尔难为别，衔杯惜未倾。
湖连张乐②地，山逐泛舟行。
诺谓楚人重③，诗传谢朓清④。
沧浪吾有曲，寄入棹歌声。

① 武昌：在今湖北鄂城。② 张乐：演奏乐曲。③ "诺谓"句：据《史记·季布列传》载，楚季诺重承诺，讲信誉，时有"黄金百金，不如季布一诺"之言。④ 谢朓清：谢朓诗歌清丽。

秋日登扬州西灵塔

宝塔凌苍苍，登攀览四荒。
顶高元气合，标出海云长。
万象分空界，三天接画梁。
水摇金刹①影，日动火珠②光。
鸟拂琼檐度，霞连绣栱张③。
目随征路断，心逐去帆扬。
露浩梧楸④白，风摧橘柚黄。
玉毫⑤如可见，于此照迷方。

① 金刹：指佛寺。② 火珠：指佛殿墙壁装饰的琉璃宝珠。③ 栱张：指塔的斗拱。④ 梧楸（qiū）：指梧树和楸树，都是高大的乔木。⑤ 玉毫：佛教语。指佛眉间的白毫。此指佛像。

登瓦官阁①

晨登瓦官阁，极眺金陵城。
钟山对北户，淮水入南荣。
漫漫雨花落，嘈嘈天乐鸣。
两廊振法鼓，四角吟〔一〕风筝②。
杳出霄汉上，仰攀日月行。
山空霸气灭，地古寒阴生。
寥廓云海晚，苍茫宫观平。
门余阊阖字，楼识凤凰名。
雷作百山动，神扶万栱倾。
灵光何足贵，长此镇吴京③。

〔一〕吟：一作吹。

① 瓦官阁：即升元阁，由南朝梁武帝在瓦官寺所建，在今江苏南京凤凰台。② 风筝：即檐铃。③ 吴京：吴地的京都，指金陵之地。

过四皓墓①

我行至商洛②，幽独访神仙。
园绮③复安在，云萝④尚宛然。
荒凉千古迹，芜没四坟连。
伊昔炼金鼎，何言闭玉泉。
陇寒惟有月，松古渐无烟。
木魅⑤风号去，山精⑥雨啸旋。
紫芝高咏罢，青史旧名传。

今日并如此,哀哉信可怜。

①四皓:指商山四皓,即东园公、甪(lù)里先生、绮里季、夏黄公,秦汉时期的四位名士。②商洛:指商山、洛水之间。③园绮:商山四皓中东园公和绮里季的并称。④云萝:即藤萝。⑤木魅:传说中寄居在树木上的精灵。⑥山精:传说中的山间怪兽。

月夜金陵怀古

苍苍金陵月,空悬帝王州①。
天文列宿②在,霸〔一〕业大江流。
渌水绝驰道,青松摧古邱。
台倾鸤鹊观③,宫没凤凰楼④。
别殿悲清暑⑤,芳园罢乐游。
一闻歌玉树,萧瑟后庭⑥秋〔二〕。

〔一〕霸:一作鼎。 〔二〕一作:千古不胜愁。

①帝王州:指南京为六朝古都。②列宿:天上的星宿。③鸤鹊观:六朝时营造的宫室。④凤凰楼:位于南京凤凰山上,南朝宋元嘉年间所建。⑤清暑:指清暑殿,晋孝武帝所建。⑥后庭:《玉树后庭花》,南朝陈亡国君主陈叔宝所作的一首曲子。

秋日与张少府楚城韦公藏书高斋作

日下空亭暮,城荒古迹余。
地形连海尽,天影落江虚。

旧赏人虽隔,新知乐未疏。
彩云思作赋①,丹壁间藏书。
查②拥随流叶,萍开出水鱼。
夕来秋兴满,回首意何如。

①"彩云"句:宋玉《高唐赋》有"旦为朝云"句。此指文章才思。②查:即"楂",水中浮木。

秋夜独坐怀故山

小隐慕安石①,远游学子平②。
天书③访江海,云卧起咸京。
入侍瑶池宴,出陪玉辇行。
夸胡新赋作〔一〕,谏猎短书成。
但奉紫霄顾,非邀青史名。
庄周空说剑④,墨翟耻论兵⑤。
拙薄遂疏绝,归闲事耦耕⑥。
顾无苍生望,空爱紫芝荣。
寥落暝霞色,微茫旧壑情。
秋山绿萝月,今夕为谁明。

〔一〕《长扬赋序》云:"上将大夸胡人以多禽兽。"夸胡新赋盖指此也。

① 安石:即谢安隐居东山。② 子平:指东汉向长,字子平,不就征辟,隐居不知所终。③ 天书:皇帝诏书。④"庄周"句:语出《庄子·说剑篇》,指庄子规劝赵文王理善政。⑤"墨翟"句:指墨子劝楚王罢兵一事。⑥ 耦耕:二人并耕,后亦泛指农事或务农。